VICTOR HUGO

CLAUDE GUEUX

suivi de « La chute »,
extrait des *Misérables*

Préface de Bruno Doucey

POCKET

Claude Gueux a paru pour la première fois en juillet 1834, dans la *Revue de Paris*.

N. B. : Les notes appelées par un astérisque sont de l'auteur ; par un chiffre, de l'éditeur.

Le papier de cet ouvrage est composé de fibres naturelles, renouvelables, recyclables et fabriquées à partir de bois provenant de forêts plantées et cultivées durablement pour la fabrication du papier.

ISBN : 978-2-266-15219-8

PRÉFACE

L'histoire de Claude Gueux pourrait être résumée en quelques mots, comme ces « nouvelles en trois lignes » que l'écrivain et journaliste Félix Fénéon publiait dans la presse au début du XXe siècle.

« Un pauvre ouvrier vole pour nourrir sa famille. Il en résulte trois jours de pain pour les siens et cinq ans de prison pour lui. En prison, des circonstances dramatiques le poussent à commettre un crime. Condamné par la justice des hommes, il est guillotiné sur la place publique. »

Le récit que vous vous apprêtez à lire n'est pas né de l'imagination de Victor Hugo. Il est le compte rendu, à peine romancé, de l'existence malheureuse du vrai Claude Gueux, né en mai 1804 à Chassagne, en Côte-d'Or. L'homme fut incarcéré pendant des années à la prison centrale de Clairvaux parce qu'il avait commis un vol, puis guillotiné le 1er juin 1832 pour avoir tué à coups de hache le gardien-chef de sa prison.

L'histoire de cet homme peut vous paraître terrifiante ; mais pour la société de l'époque, pour la nôtre peut-être, elle n'est qu'un fait divers, au sens où l'entendait le *Dictionnaire universel* de Pierre Larousse au XIXe siècle :

« Sous cette rubrique, les journaux groupent avec art et publient régulièrement les nouvelles de toutes sortes qui courent le monde : petits scandales, accidents de voitures, crimes épouvantables, suicides d'amour, couvreur tombant d'un cinquième étage, vols à main armée, pluie de sauterelles ou de crapauds, naufrages, incendies, inondations, aventures cocasses, enlèvements mystérieux, exécutions à mort... »

L'homme qui donna son nom au récit de Victor Hugo était déjà mort, presque oublié, lorsque le romancier fit paraître son texte dans la *Revue de Paris* du 6 juillet 1834. La suite se conjugue au futur antérieur : en septembre de la même année, un tiré à part du texte de Victor Hugo (c'est-à-dire le texte seul, publié sous la forme d'une plaquette) est envoyé à tous les députés de France. Le fait divers devient un acte politique, par lequel l'écrivain réclame l'abolition de la peine de mort. Que croyez-vous que firent les députés d'alors ? Rien. Ils ne firent rien puisqu'il fallut attendre près de cent cinquante ans pour que la classe politique française se décide à tirer toutes les leçons de la tragédie vécue par Claude Gueux : la peine de mort ne sera abolie dans notre pays qu'en 1981.

Pour autant, Victor Hugo ne désarme pas. Depuis des années, le romancier multiplie les pamphlets, les lettres, les pétitions, les essais, les poèmes, les récits afin d'attirer l'attention du législateur. Il se souvient de l'horrible spectacle d'une pendaison publique à laquelle il avait assisté en 1812, à l'âge de dix ans. Quinze ans plus tard, en 1827, c'est l'exécution publique d'un adolescent qui le pousse à écrire *Le Dernier Jour d'un condamné* (1829). Où l'auteur va-t-il chercher ses idées ? « ...tout bonnement sur la place publique, sur la place de Grève, répond Victor Hugo dans sa préface. C'est là qu'un jour en passant il a ramassé cette idée fatale, gisante dans une mare de sang sous les rouges moignons de la guillotine. » En 1834, l'année même de *Claude Gueux*, Victor Hugo exprime dans une lettre adressée à son épouse l'émotion que lui inspire la visite du bagne de Brest.

Vous l'aurez compris, le romancier est un homme engagé dans les combats de son temps, ainsi que le suggèrent ces vers extraits du recueil d'inspiration romantique intitulé *Les Rayons et les Ombres* :

> *Le poète en des jours impies*
> *Vient préparer des jours meilleurs.*
> *Il est l'homme des utopies* [...]

Les écrivains pratiquent souvent un « effet de réel » en présentant des réalités fictives, nées de leur imagination, comme des faits avérés. À l'inverse, il arrive aussi qu'ils s'inspirent de faits divers. Stendhal se servit de l'affaire Berthet pour écrire *Le Rouge et le Noir* (1830) ; Flaubert, de l'affaire Delamare pour écrire *Madame Bovary* (1857) ; plusieurs nouvelles de Maupassant trouvent leur origine dans la presse, à l'image de « La confession » ou de « Rosalie Prudent », inspirées par une affaire d'infanticide relatée dans *Gil Blas* en septembre 1883. Plus près de nous, des romanciers comme Patrick Modiano ou Emmanuel Carrère se sont emparés de faits réels pour élaborer des fictions. Dans l'ouvrage intitulé *L'Adversaire*, paru aux éditions P.O.L. en 2000, ce dernier s'intéresse à l'affaire Romand, qui fit la une des journaux en janvier 1993, lorsqu'un médecin assassina tous les membres de sa famille.

Mais revenons-en à *Claude Gueux*. À diverses reprises, Victor Hugo laisse entendre que ce petit opuscule préfigure un livre plus important : celui dans lequel « serait résolu le grand problème du peuple au dix-neuvième siècle ». Victor Hugo a-t-il écrit ce livre ? Même ceux qui ne l'ont pas lu le connaissent. Voyez plutôt : Un homme, bon comme le pain et fort comme un cheval, vole quelque aliment pour nourrir sa famille ; traduit devant les tribunaux « pour vol avec effraction », il est condamné à cinq ans de galères. Il s'en évade ; on le traque ; la société qui l'a réduit à la misère en fait un proscrit. Cet homme se nomme Jean Valjean ; il est le personnage principal de la fresque romanesque que Victor Hugo commença à composer dans les années 1840 : *Les Misérables*.

Claude Gueux, *Les Misérables*. On aurait tort de ne pas entendre ce que disent les titres de ces ouvrages. Le personnage éponyme du récit de 1834 incarne le peuple des miséreux : pour la société du XIXe siècle, Claude est un *gueux,* parce qu'il en est réduit à mendier ou voler pour vivre. Sous la plume de Victor Hugo, le terme « misérables » se charge également d'une double signification : désignant à la fois les pauvres et les malfaiteurs, il nous rappelle, parce qu'il en est besoin, que la misère pousse fréquemment au crime. De Claude Gueux à Jean Valjean, un même destin enténébré, une même spirale de l'échec, un même chapelet de détresses : le sort les met « dans une société si mal faite » qu'ils finissent par faire le mal.

Il faut lire les mots que prononce Victor Hugo au seuil des *Misérables* pour comprendre la portée réelle de *Claude Gueux* : « Tant qu'il existera, par le fait des lois et des mœurs, une damnation sociale créant artificiellement, en pleine civilisation, des enfers [...] ; tant que les trois problèmes du siècle, la dégradation de l'homme par le prolétariat, la déchéance de la femme par la faim, l'atrophie de l'enfant par la nuit, ne seront pas résolus ; tant que, dans certaines régions, l'asphyxie sociale sera possible ; en d'autres termes, et à un point de vue plus étendu encore, tant qu'il y aura sur la terre ignorance et misère, des livres de la nature de celui-ci pourront ne pas être inutiles. »

S'il est des livres qui nous reposent de nous-mêmes, il en est d'autres qui dérangent parce qu'ils bouleversent les idées reçues, engloutissent les certitudes acquises, menacent le confort des petites lâchetés intellectuelles. *Claude Gueux* est de ceux-là. La seule façon d'échapper à l'emprise de ce pamphlet abolitionniste, la seule manière de se mettre à l'abri du souffle libérateur de Victor Hugo, est de se dire : « Ce texte qui évoque les trois problèmes du XIXe siècle ne me concerne pas, ne nous concerne plus ; nous vivons dans une société évoluée ; la peine de mort est abolie. »

En êtes-vous bien sûrs, lecteurs qui vivez à l'aube du XXIe siècle ? Chaque jour, l'actualité la plus immédiate nous rappelle que nous n'avons vaincu ni la bêtise ni la faim ; que la haine suppure encore sur le monde ; que les brasiers de l'intolérance ne sont jamais éteints et que le feu peut reprendre. Les prises de position de Victor Hugo nous concernent parce que notre pays reste confronté à la question du crime ; parce que des États qui ignoraient hier les droits fondamentaux des êtres humains prennent part aujourd'hui à la construction européenne ; parce que des centaines d'hommes et de femmes attendent, dans bien des prisons du monde, que le couperet de la justice vienne briser leur vie. Ceux que Victor Hugo nommait les « damnés de la loi » n'ont pas disparu avec l'essor économique : aussi douloureux que cela puisse paraître, les Jean Valjean et les Claude Gueux ont existé et existent encore.

Dans une étude, qui fait référence en la matière, l'essayiste Roland Barthes démontre que le fait divers est une « information totale », autonome, qui se situe en marge de l'Histoire et ne « renvoie formellement à rien d'autre qu'à lui-même ». Selon lui, le fait divers présente une structure fermée, indépendante du contexte dans lequel il se produit. Tout est donné en lui, ses circonstances, ses causes, son passé, son issue. C'est pourquoi il se prête si bien à la transposition narrative. Ce n'est pas dire qu'un vol ou un crime soient totalement étrangers au monde dans lequel ils se produisent, mais qu'ils constituent une réalité « immanente », un tout dont on peut aisément saisir la portée et le sens.

Une lecture attentive de *Claude Gueux* démontre que Victor Hugo avait parfaitement conscience de cette réalité. Que fait le romancier dans ce petit ouvrage ? Ce que nous devrions tous faire lorsqu'un événement nous indigne, qu'un drame humain fait éclater la vitre de notre indifférence : il relate les faits avec objectivité, puis se lève pour faire entendre ses convictions. Il en résulte une composition en diptyque, qui parle au cœur et à l'esprit. Le récit littéraire et le discours critique sur la société obéissent à cette même injonction, que formulera le poète Claude Roy un siècle plus tard :

Il ne s'agit plus de comprendre le monde
Il faut le transformer.

Bruno DOUCEY

NOTE
DE LA PREMIÈRE ÉDITION

La lettre ci-dessous, dont l'original est déposé aux bureaux de la *Revue de Paris*, fait trop d'honneur à son auteur pour que nous ne la reproduisions pas ici. Elle est désormais liée à toutes les réimpressions de *Claude Gueux.*

« Dunkerque, le 30 juillet 1834.

« Monsieur le directeur de la *Revue de Paris*,

« *Claude Gueux*, de Victor Hugo, par vous inséré dans votre livraison du 6 courant, est une grande leçon ; aidez-moi, je vous prie, à la faire profiter.

« Rendez-moi, je vous prie, le service d'en faire tirer à mes frais autant d'exemplaires qu'il y a de députés en France, et de les leur adresser individuellement et bien exactement.

« J'ai l'honneur de vous saluer.

« Charles Carlier, négociant. »

CLAUDE GUEUX

Il y a sept ou huit ans, un homme nommé Claude Gueux, pauvre ouvrier, vivait à Paris. Il avait avec lui une fille qui était sa maîtresse, et un enfant de cette fille. Je dis les choses comme elles sont, laissant le lecteur ramasser les moralités à mesure que les faits les sèment sur leur chemin. L'ouvrier était capable, habile, intelligent, fort maltraité par l'éducation, fort bien traité par la nature, ne sachant pas lire et sachant penser. Un hiver, l'ouvrage manqua. Pas de feu ni de pain dans le galetas[1]. L'homme, la fille et l'enfant eurent froid et faim. L'homme vola. Je ne sais ce qu'il vola, je ne sais où il vola. Ce que je sais, c'est que de ce vol il résulta trois jours de pain et de feu pour la femme et pour l'enfant, et cinq ans de prison pour l'homme.

1. Logement sous les toits.

L'homme fut envoyé faire son temps à la maison centrale de Clairvaux. Clairvaux, abbaye dont on a fait une bastille, cellule dont on a fait un cabanon[1], autel dont on a fait un pilori. Quand nous parlons de progrès, c'est ainsi que certaines gens le comprennent et l'exécutent. Voilà la chose qu'ils mettent sous notre mot.

Poursuivons.

Arrivé là, on le mit dans un cachot pour la nuit, et dans un atelier pour le jour. Ce n'est pas l'atelier que je blâme.

Claude Gueux, honnête ouvrier naguère, voleur désormais, était une figure digne et grave. Il avait le front haut, déjà ridé quoique jeune encore, quelques cheveux gris perdus dans les touffes noires, l'œil doux et fort puissamment enfoncé sous une arcade sourcilière bien modelée, les narines ouvertes, le menton avancé, la lèvre dédaigneuse. C'était une belle tête. On va voir ce que la société en a fait.

Il avait la parole rare, le geste peu fréquent, quelque chose d'impérieux dans toute sa personne et qui se faisait obéir, l'air pensif, sérieux plutôt que souffrant. Il avait pourtant bien souffert.

Dans le dépôt où Claude Gueux était enfermé, il y avait un directeur des ateliers, espèce de fonc-

1. Petite chambre (cellule) dont on a fait un cachot (cabanon).

tionnaire propre aux prisons, qui tient tout ensemble du guichetier et du marchand, qui fait en même temps une commande à l'ouvrier et une menace au prisonnier, qui vous met l'outil aux mains et les fers aux pieds. Celui-là était lui-même une variété dans l'espèce, un homme bref, tyrannique, obéissant à ses idées, toujours à courte bride sur son autorité ; d'ailleurs, dans l'occasion, bon compagnon, bon prince, jovial même et raillant avec grâce ; dur plutôt que ferme ; ne raisonnant avec personne, pas même avec lui ; bon père, bon mari sans doute, ce qui est devoir et non vertu ; en un mot, pas méchant, mauvais. C'était un de ces hommes qui n'ont rien de vibrant ni d'élastique, qui sont composés de molécules inertes, qui ne résonnent au choc d'aucune idée, au contact d'aucun sentiment, qui ont des colères glacées, des haines mornes, des emportements sans émotion, qui prennent feu sans s'échauffer, dont la capacité de calorique est nulle, et qu'on dirait souvent faits de bois ; ils flambent par un bout et sont froids par l'autre. La ligne principale, la ligne diagonale du caractère de cet homme, c'était la ténacité. Il était fier d'être tenace, et se comparait à Napoléon. Ceci n'est qu'une illusion d'optique. Il y a nombre de gens qui en sont dupes et qui, à certaine distance, prennent la ténacité pour de la volonté, et une chandelle pour une étoile. Quand cet homme donc avait une fois ajusté ce qu'il appelait sa volonté à une chose absurde, il allait tête haute et à travers toute broussaille jusqu'au bout de la chose absurde. L'entêtement sans l'intelligence, c'est la sottise soudée au bout de la bêtise et lui servant de rallonge. Cela va loin. En général, quand une catastrophe privée ou publique s'est écroulée sur nous, si nous examinons, d'après les décombres qui en gisent à terre, de quelle façon elle s'est échafaudée, nous trouvons presque toujours qu'elle a été aveuglément construite par un homme médiocre et obstiné qui avait foi en lui et qui s'admirait. Il y a par le monde beaucoup de ces petites fatalités têtues qui se croient des providences.

Voilà donc ce que c'était que le directeur des ateliers de la prison centrale de Clairvaux. Voilà de quoi était fait le briquet[1] avec lequel la société frappait chaque jour sur les prisonniers pour en tirer des étincelles.

L'étincelle que de pareils briquets arrachent à de pareils cailloux allume souvent des incendies.

Nous avons dit qu'une fois arrivé à Clairvaux Claude Gueux fut numéroté dans un atelier et rivé à une besogne. Le directeur de l'atelier fit connaissance avec lui, le reconnut bon ouvrier, et le traita bien. Il paraît même qu'un jour, étant de bonne

1. Petite pièce d'acier qui, en frappant un silex, produit des étincelles.

humeur, et voyant Claude Gueux fort triste, car cet homme pensait toujours à celle qu'il appelait sa femme, il lui conta, par manière de jovialité et de passe-temps, et aussi pour le consoler, que cette malheureuse s'était faite fille publique. Claude demanda froidement ce qu'était devenu l'enfant. On ne savait.

Au bout de quelques mois, Claude s'acclimata à l'air de la prison et parut ne plus songer à rien. Une certaine sérénité sévère, propre à son caractère, avait repris le dessus.

Au bout du même espace de temps à peu près, Claude avait acquis un ascendant singulier sur tous ses compagnons. Comme par une sorte de convention tacite, et sans que personne sût pourquoi, pas même lui, tous ces hommes le consultaient, l'écoutaient, l'admiraient et l'imitaient, ce qui est le dernier degré ascendant de l'admiration. Ce n'était pas une médiocre gloire d'être obéi par toutes ces natures désobéissantes. Cet empire lui était venu sans qu'il y songeât. Cela tenait au regard qu'il avait dans les yeux. L'œil de l'homme est une fenêtre par laquelle on voit les pensées qui vont et viennent dans sa tête.

Mettez un homme qui contient des idées parmi des hommes qui n'en contiennent pas, au bout d'un temps donné, et par une loi d'attraction irrésistible, tous les cerveaux ténébreux graviteront humblement et avec adoration autour du cerveau rayonnant. Il y a des hommes qui sont fer et des hommes qui sont aimant. Claude était aimant.

En moins de trois mois donc, Claude était devenu l'âme, la loi et l'ordre de l'atelier. Toutes ces aiguilles tournaient sur son cadran. Il devait douter lui-même par moments s'il était roi ou prisonnier. C'était une sorte de pape captif avec ses cardinaux.

Et, par une réaction toute naturelle, dont l'effet s'accomplit sur toutes les échelles, aimé des prisonniers, il était détesté des geôliers. Cela est toujours ainsi. La popularité ne va jamais sans la défaveur. L'amour des esclaves est toujours doublé de la haine des maîtres.

Claude Gueux était grand mangeur. C'était une particularité de son organisation. Il avait l'estomac fait de telle sorte que la nourriture de deux hommes ordinaires suffisait à peine à sa journée. M. de Cotadilla[1] avait un de ces appétits-là, et en riait ; mais ce qui est une occasion de gaieté pour un duc, grand d'Espagne, qui a cinq cent mille moutons, est une charge pour un ouvrier et un malheur pour un prisonnier.

Claude Gueux, libre dans son grenier, travaillait tout le jour, gagnait son pain de quatre livres et le mangeait. Claude Gueux, en prison, travaillait tout le jour et recevait invariablement pour sa

1. Noble espagnol, proche de la famille Hugo.

peine une livre et demie de pain et quatre onces de viande. La ration est inexorable. Claude avait donc habituellement faim dans la prison de Clairvaux.

Il avait faim, et c'était tout. Il n'en parlait pas. C'était sa nature ainsi.

Un jour, Claude venait de dévorer sa maigre pitance, et s'était remis à son métier, croyant tromper la faim par le travail. Les autres prisonniers mangeaient joyeusement. Un jeune homme, pâle, blanc, faible, vint se placer près de lui. Il tenait à la main sa ration, à laquelle il n'avait pas encore touché, et un couteau. Il restait là debout, près de Claude, ayant l'air de vouloir parler et de ne pas oser. Cet homme, et son pain, et sa viande, importunaient Claude.

— Que veux-tu ? dit-il enfin brusquement.

— Que tu me rendes un service, dit timidement le jeune homme.

— Quoi ? reprit Claude.

— Que tu m'aides à manger cela. J'en ai trop.

Une larme roula dans l'œil hautain de Claude. Il prit le couteau, partagea la ration du jeune homme en deux parts égales, en prit une, et se mit à manger.

— Merci, dit le jeune homme. Si tu veux, nous partagerons comme cela tous les jours.

— Comment t'appelles-tu ? dit Claude Gueux.

— Albin.

— Pourquoi es-tu ici ? reprit Claude.

— J'ai volé.

— Et moi aussi, dit Claude.

Ils partagèrent en effet de la sorte tous les jours. Claude Gueux avait trente-six ans, et par moments il en paraissait cinquante, tant sa pensée habituelle était sévère. Albin avait vingt ans, on lui en eût donné dix-sept, tant il y avait encore d'innocence dans le regard de ce voleur. Une étroite amitié se noua entre ces deux hommes, amitié de père à fils plutôt que de frère à frère. Albin était encore presque un enfant ; Claude était déjà presque un vieillard.

Ils travaillaient dans le même atelier, ils couchaient sous la même clef de voûte, ils se promenaient dans le même préau, ils mordaient au même pain. Chacun des deux amis était l'univers pour l'autre. Il paraît qu'ils étaient heureux.

Nous avons déjà parlé du directeur des ateliers. Cet homme, haï des prisonniers, était souvent obligé, pour se faire obéir d'eux, d'avoir recours à Claude Gueux, qui en était aimé. Dans plus d'une occasion, lorsqu'il s'était agi d'empêcher une rébellion ou un tumulte, l'autorité sans titre de Claude Gueux avait prêté main-forte à l'autorité officielle du directeur. En effet, pour contenir les prisonniers, dix paroles de Claude valaient dix gendarmes. Claude avait maintes fois rendu ce service au directeur. Aussi le directeur le détestait-il cordialement. Il était jaloux de ce voleur. Il avait au fond du cœur une haine secrète, envieuse, implacable, contre Claude, une haine de souverain de droit à souverain de fait, de pouvoir temporel à pouvoir spirituel.

Ces haines-là sont les pires.

Claude aimait beaucoup Albin, et ne songeait pas au directeur.

Un jour, un matin, au moment où les condamnés passaient deux à deux du dortoir dans l'atelier, un guichetier appela Albin, qui était à côté de Claude, et le prévint que le directeur le demandait.

— Que te veut-on ? dit Claude.

— Je ne sais pas, dit Albin.

Le guichetier emmena Albin.

La matinée se passa, Albin ne revint pas à l'atelier. Quand arriva l'heure du repas, Claude pensa qu'il retrouverait Albin au préau. Albin n'était pas au préau. On rentra dans l'atelier, Albin ne reparut pas dans l'atelier. La journée s'écoula ainsi. Le soir, quand on ramena les prisonniers dans leur dortoir, Claude y chercha des yeux Albin, et ne le vit pas. Il paraît qu'il souffrit beaucoup dans ce moment-là, car il adressa la parole à un guichetier, ce qu'il ne faisait jamais.

— Est-ce qu'Albin est malade ? dit-il.

— Non, répondit le guichetier.

— D'où vient donc, reprit Claude, qu'il n'a pas reparu aujourd'hui ?

— Ah ! dit négligemment le porte-clefs, c'est qu'on l'a changé de quartier.

Les témoins qui ont déposé de ces faits plus tard remarquèrent qu'à cette réponse du guichetier la main de Claude, qui portait une chandelle allumée, trembla légèrement. Il reprit avec calme :

— Qui a donné cet ordre-là ?

Le guichetier répondit :

— M. D[1].

Le directeur des ateliers s'appelait M. D.

La journée du lendemain se passa comme la journée précédente, sans Albin.

Le soir, à l'heure de la clôture des travaux, le directeur, M. D., vint faire sa ronde habituelle dans l'atelier. Du plus loin que Claude le vit, il ôta son bonnet de grosse laine, il boutonna sa veste grise, triste livrée de Clairvaux, car il est de principe dans les prisons qu'une veste respectueusement boutonnée prévient favorablement les supérieurs, et il se tint debout et son bonnet à la main à l'entrée de son banc, attendant le passage du directeur. Le directeur passa.

— Monsieur ! dit Claude.

Le directeur s'arrêta et se détourna à demi.

— Monsieur, reprit Claude, est-ce que c'est vrai qu'on a changé Albin de quartier ?

1. Pour « M. Delacelle », nom du directeur des ateliers de la prison.

— Oui, répondit le directeur.

— Monsieur, poursuivit Claude, j'ai besoin d'Albin pour vivre.

Il ajouta :

— Vous savez que je n'ai pas assez de quoi manger avec la ration de la maison, et qu'Albin partageait son pain avec moi.

— C'était son affaire, dit le directeur.

— Monsieur, est-ce qu'il n'y aurait pas moyen de faire remettre Albin dans le même quartier que moi ?

— Impossible. Il y a décision prise.

— Par qui ?

— Par moi.

— Monsieur D., reprit Claude, c'est la vie ou la mort pour moi, et cela dépend de vous.

— Je ne reviens jamais sur mes décisions.

— Monsieur, est-ce que je vous ai fait quelque chose ?

— Rien.

— En ce cas, dit Claude, pourquoi me séparez-vous d'Albin ?

— Parce que, dit le directeur.

Cette explication donnée, le directeur passa outre.

Claude baissa la tête et ne répliqua pas. Pauvre lion en cage à qui l'on ôtait son chien.

Nous sommes forcé de dire que le chagrin de cette séparation n'altéra en rien la voracité en quelque sorte maladive du prisonnier. Rien d'ailleurs ne parut sensiblement changé en lui. Il ne parlait d'Albin à aucun de ses camarades. Il se promenait seul dans le préau aux heures de récréation, et il avait faim. Rien de plus.

Cependant ceux qui le connaissaient bien remarquaient quelque chose de sinistre et de sombre qui s'épaississait chaque jour de plus en plus sur son visage. Du reste, il était plus doux que jamais.

Plusieurs voulurent partager leur ration avec lui, il refusa en souriant.

Tous les soirs, depuis l'explication que lui avait donnée le directeur, il faisait une espèce de chose folle qui étonnait de la part d'un homme aussi sérieux. Au moment où le directeur, ramené à heure fixe par sa tournée habituelle, passait devant le métier de Claude, Claude levait les yeux et le regardait fixement, puis il lui disait d'un ton plein d'angoisse et de colère, qui tenait à la fois de la prière et de la menace, ces deux mots seulement : *Et Albin* ? Le directeur faisait semblant de ne pas entendre ou s'éloignait en haussant les épaules.

Cet homme avait tort de hausser les épaules, car il était évident pour tous les spectateurs de ces scènes étranges que Claude Gueux était intérieurement déterminé à quelque chose. Toute la prison attendait avec anxiété quel serait le résultat de cette lutte entre une ténacité et une résolution.

Il a été constaté qu'une fois entre autres Claude dit au directeur :

— Écoutez, monsieur, rendez-moi mon camarade. Vous ferez bien, je vous assure. Remarquez que je vous dis cela.

Une autre fois, un dimanche, comme il se tenait dans le préau, assis sur une pierre, les coudes sur les genoux et son front dans ses mains, immobile depuis plusieurs heures dans la même attitude, le condamné Faillette s'approcha de lui, et lui cria en riant :

— Que diable fais-tu donc là, Claude ?

Claude leva lentement sa tête sévère, et dit :

— *Je juge quelqu'un.*

Un soir enfin, le 25 octobre 1831, au moment où le directeur faisait sa ronde, Claude brisa sous son pied avec bruit un verre de montre qu'il avait trouvé le matin dans un corridor. Le directeur demanda d'où venait ce bruit.

— Ce n'est rien, dit Claude, c'est moi. Monsieur le directeur, rendez-moi Albin, rendez-moi mon camarade.

— Impossible, dit le maître.

— Il le faut pourtant, dit Claude d'une voix basse et ferme ; et, regardant le directeur en face, il ajouta : Réfléchissez. Nous sommes aujourd'hui le 25 octobre. Je vous donne jusqu'au 4 novembre.

Un guichetier fit remarquer à M. D. que Claude le menaçait, et que c'était un cas de cachot.

— Non, point de cachot, dit le directeur avec un sourire dédaigneux ; il faut être bon avec ces gens-là !

Le lendemain, le condamné Pernot aborda Claude, qui se promenait seul et pensif, laissant les autres prisonniers s'ébattre dans un petit carré de soleil à l'autre bout de la cour.

— Hé bien ! Claude, à quoi songes-tu ? tu parais triste.

— *Je crains*, dit Claude, *qu'il n'arrive bientôt quelque malheur à ce bon M. D.*

Il y a neuf jours pleins du 25 octobre au 4 novembre. Claude n'en laissa pas passer un sans avertir gravement le directeur de l'état de plus en plus douloureux où le mettait la disparition d'Albin. Le directeur, fatigué, lui infligea une fois vingt-quatre heures de cachot, parce que la prière ressemblait trop à une sommation. Voilà tout ce que Claude obtint.

Le 4 novembre arriva. Ce jour-là, Claude s'éveilla avec un visage serein qu'on ne lui avait pas encore vu depuis le jour où la *décision* de M. D. l'avait séparé de son ami. En se levant, il fouilla dans une espèce de caisse de bois blanc qui était au pied de son lit, et qui contenait ses quelques guenilles. Il en tira une paire de ciseaux de couturière. C'était, avec un volume dépareillé de l'*Émile*[1], la seule chose qui lui restât de la femme qu'il avait aimée, de la mère de son enfant, de son heureux petit ménage d'autrefois. Deux meubles[2] bien inutiles pour Claude ; les ciseaux ne pouvaient servir qu'à une femme, le livre qu'à un lettré. Claude ne savait ni coudre ni lire.

Au moment où il traversait le vieux cloître déshonoré et blanchi à la chaux qui sert de promenoir l'hiver, il s'approcha du condamné Ferrari, qui regardait avec attention les énormes barreaux d'une croisée. Claude tenait à la main la petite paire de ciseaux ; il la montra à Ferrari en disant :

— Ce soir je couperai ces barreaux-ci avec ces ciseaux-là.

Ferrari, incrédule, se mit à rire, et Claude aussi.

Ce matin-là, il travailla avec plus d'ardeur qu'à l'ordinaire ; jamais il n'avait fait si vite et si bien. Il parut attacher un certain prix à terminer dans la matinée un chapeau de paille que lui avait payé d'avance un honnête bourgeois de Troyes, M. Bressier.

Un peu avant midi, il descendit sous un prétexte à l'atelier des menuisiers, situé au rez-de-chaussée, au-dessous de l'étage où il travaillait. Claude

1. Ouvrage de Jean-Jacques Rousseau sur l'éducation (1762).

2. Objets transportables (opposés à immeubles).

était aimé là comme ailleurs, mais il y entrait rarement. Aussi :

— Tiens ! voilà Claude !

On l'entoura. Ce fut une fête. Claude jeta un coup d'œil rapide dans la salle. Pas un des surveillants n'y était.

— Qui est-ce qui a une hache à me prêter ? dit-il.

— Pour quoi faire ? lui demanda-t-on.

Il répondit :

— C'est pour tuer ce soir le directeur des ateliers.

On lui présenta plusieurs haches à choisir. Il prit la plus petite, qui était fort tranchante, la cacha dans son pantalon, et sortit. Il y avait là vingt-sept prisonniers. Il ne leur avait pas recommandé le secret. Tous le gardèrent.

Ils ne causèrent même pas de la chose entre eux.

Chacun attendit de son côté ce qui arriverait. L'affaire était terrible, droite et simple. Pas de complication possible. Claude ne pouvait être ni conseillé ni dénoncé.

Une heure après, il aborda un jeune condamné de seize ans qui bâillait dans le promenoir, et lui conseilla d'apprendre à lire. En ce moment, le détenu Faillette accosta Claude, et lui demanda ce que diable il cachait là dans son pantalon. Claude dit :

— C'est une hache pour tuer M. D. ce soir.

Il ajouta :

— Est-ce que cela se voit ?

— Un peu, dit Faillette.

Le reste de la journée fut à l'ordinaire. À sept heures du soir, on renferma les prisonniers, chaque section dans l'atelier qui lui était assigné ; et les surveillants sortirent des salles de travail, comme il paraît que c'est l'habitude, pour ne rentrer qu'après la ronde du directeur.

Claude Gueux fut donc verrouillé comme les autres dans son atelier avec ses compagnons de métier.

Alors il se passa dans cet atelier une scène extraordinaire, une scène qui n'est ni sans majesté ni sans terreur, la seule de ce genre qu'aucune histoire puisse raconter.

Il y avait là, ainsi que l'a constaté l'instruction judiciaire qui a eu lieu depuis, quatre-vingt-deux voleurs, y compris Claude.

Une fois que les surveillants les eurent laissés seuls, Claude se leva debout sur son banc, et annonça à toute la chambrée qu'il avait quelque chose à dire. On fit silence. Alors Claude haussa la voix et dit :

— Vous savez tous qu'Albin était mon frère. Je n'ai pas assez de ce qu'on me donne ici pour manger. Même en n'achetant que du pain avec le peu que je gagne, cela ne suffirait pas. Albin partageait sa ration avec moi ; je l'ai aimé d'abord parce qu'il m'a nourri, ensuite parce qu'il m'a aimé. Le directeur, M. D., nous a séparés. Cela ne lui faisait rien que nous fussions ensemble ; mais c'est un méchant homme, qui jouit de tourmenter. Je lui ai redemandé Albin. Vous avez vu ? il n'a pas voulu. Je lui ai donné jusqu'au 4 novembre pour me rendre Albin. Il m'a fait mettre au cachot pour avoir dit cela. Moi, pendant ce temps-là, je l'ai jugé et je l'ai condamné à mort*. Nous sommes au 4 novembre. Il viendra dans deux heures faire sa tournée. Je vous préviens que je vais le tuer. Avez-vous quelque chose à dire à cela ?

Tous gardèrent le silence.

Claude reprit. Il parla, à ce qu'il paraît, avec une éloquence singulière, qui d'ailleurs lui était naturelle. Il déclara qu'il savait bien qu'il allait faire une action violente, mais qu'il ne croyait pas avoir tort. Il attesta la conscience des quatre-vingt-un voleurs qui l'écoutaient :

Qu'il était dans une rude extrémité ;

Que la nécessité de se faire justice soi-même était un cul-de-sac où l'on se trouvait engagé quelquefois ;

Qu'à la vérité il ne pouvait prendre la vie du directeur sans donner la sienne propre, mais qu'il

* Textuel.

trouvait bon de donner sa vie pour une chose juste ;

Qu'il avait mûrement réfléchi, et à cela seulement, depuis deux mois ;

Qu'il croyait bien ne pas se laisser entraîner par le ressentiment, mais que, dans le cas où cela serait, il suppliait qu'on l'en avertît ;

Qu'il soumettait honnêtement ses raisons aux hommes justes qui l'entouraient.

Qu'il allait donc tuer M. D., mais que, si quelqu'un avait une objection à lui faire, il était prêt à l'écouter.

Une voix seulement s'éleva, et dit qu'avant de tuer le directeur, Claude devait essayer une dernière fois de lui parler et de le fléchir.

— C'est juste, dit Claude, et je le ferai.

Huit heures sonnèrent à la grande horloge. Le directeur devait venir à neuf heures.

Une fois que cette étrange cour de cassation eut en quelque sorte ratifié la sentence qu'il avait portée, Claude reprit toute sa sérénité. Il mit sur une table tout ce qu'il possédait en linge et en vêtements, la pauvre dépouille du prisonnier, et, appelant l'un après l'autre ceux de ses compagnons qu'il aimait le plus après Albin, il leur distribua tout. Il ne garda que la petite paire de ciseaux.

Puis il les embrassa tous. Quelques-uns pleuraient, il souriait à ceux-là.

Il y eut, dans cette heure dernière, des instants où il causa avec tant de tranquillité et même de gaieté, que plusieurs de ses camarades espéraient intérieurement, comme ils l'ont déclaré depuis, qu'il abandonnerait peut-être sa résolution. Il s'amusa même une fois à éteindre une des rares chandelles qui éclairaient l'atelier avec le souffle de sa narine, car il avait de mauvaises habitudes d'éducation qui dérangeaient sa dignité naturelle plus souvent qu'il n'aurait fallu. Rien ne pouvait faire que cet ancien gamin des rues n'eût point par moments l'odeur du ruisseau de Paris.

Il aperçut un jeune condamné qui était pâle, qui le regardait avec des yeux fixes, et qui tremblait, sans doute dans l'attente de ce qu'il allait voir.

— Allons, du courage, jeune homme ! lui dit Claude doucement, ce ne sera que l'affaire d'un instant.

Quand il eut distribué toutes ses hardes, fait tous ses adieux, serré toutes les mains, il interrompit quelques causeries inquiètes qui se faisaient çà et là dans les coins obscurs de l'atelier, et il commanda qu'on se remît au travail. Tous obéirent en silence.

L'atelier où ceci se passait était une salle oblongue, un long parallélogramme percé de fenêtres sur ses deux grands côtés, et de deux portes qui se regardaient à ses deux extrémités. Les métiers étaient rangés de chaque côté près des fenêtres, les bancs touchant le mur à angle droit, et l'espace resté libre entre les deux rangées de métiers formait une sorte de longue voie qui allait en ligne droite de l'une des portes à l'autre et traversait ainsi toute la salle. C'était cette longue voie, assez étroite, que le directeur avait à parcourir en faisant son inspection ; il devait entrer par la porte sud et ressortir par la porte nord, après avoir regardé les travailleurs à droite et à gauche. D'ordinaire il faisait ce trajet assez rapidement et sans s'arrêter.

Claude s'était replacé lui-même à son banc, et il s'était remis au travail, comme Jacques Clément[1] se fût remis à la prière.

Tous attendaient. Le moment approchait. Tout à coup on entendit un coup de cloche. Claude dit :

— C'est l'avant-quart[2].

Alors il se leva, traversa gravement une partie de la salle, et alla s'accouder sur l'angle du premier métier à gauche, tout à côté de la porte d'entrée. Son visage était parfaitement calme et bienveillant.

Neuf heures sonnèrent. La porte s'ouvrit. Le directeur entra.

1. Moine dominicain qui, en 1589, assassina le roi de France Henri III.

2. Certaines horloges sonnent un coup un peu avant l'heure, la demie ou le quart.

En ce moment-là, il se fit dans l'atelier un silence de statues.

Le directeur était seul comme d'habitude.

Il entra avec sa figure joviale, satisfaite et inexorable, ne vit pas Claude qui était debout à gauche de la porte, la main droite cachée dans son pantalon, et passa rapidement devant les premiers métiers, hochant la tête, mâchant ses paroles, et jetant çà et là son regard banal, sans s'apercevoir que tous les yeux qui l'entouraient étaient fixés sur une idée terrible.

Tout à coup il se détourna brusquement, surpris d'entendre un pas derrière lui.

C'était Claude, qui le suivait en silence depuis quelques instants.

— Que fais-tu là, toi ? dit le directeur, pourquoi n'es-tu pas à ta place ?

Car un homme n'est plus un homme là, c'est un chien, on le tutoie.

Claude Gueux répondit respectueusement :

— C'est que j'ai à vous parler, monsieur le directeur.

— De quoi ?

— D'Albin.

— Encore ! dit le directeur.

— Toujours ! dit Claude.

— Ah çà ! reprit le directeur continuant de marcher, tu n'as donc pas eu assez de vingt-quatre heures de cachot ?

Claude répondit en continuant de le suivre :

— Monsieur le directeur, rendez-moi mon camarade.

— Impossible !

— Monsieur le directeur, dit Claude avec une voix qui eût attendri le démon, je vous en supplie, remettez Albin avec moi, vous verrez comme je travaillerai bien. Vous qui êtes libre, cela vous est égal, vous ne savez pas ce que c'est qu'un ami ; mais, moi, je n'ai que les quatre murs de la prison. Vous pouvez aller et venir, vous ; moi je n'ai qu'Albin. Rendez-le-moi. Albin me nourrissait, vous le savez bien. Cela ne vous coûterait que la peine de dire oui. Qu'est-ce que cela vous fait qu'il y ait dans la même salle un homme qui s'appelle Claude Gueux et un autre qui s'appelle Albin ? Car ce n'est pas plus compliqué que cela. Monsieur le directeur, mon bon monsieur D., je vous supplie vraiment, au nom du ciel !

Claude n'en avait peut-être jamais tant dit à la fois à un geôlier. Après cet effort, épuisé, il attendit. Le directeur répliqua avec un geste d'impatience :

— Impossible. C'est dit. Voyons, ne m'en reparle plus. Tu m'ennuies.

Et, comme il était pressé, il doubla le pas. Claude aussi. En parlant ainsi, ils étaient arrivés tous deux près de la porte de sortie ; les quatre-vingts voleurs regardaient et écoutaient, haletants.

Claude prit doucement le pan de l'habit du directeur.

— Mais au moins que je sache pourquoi je suis condamné à mort. Dites-moi pourquoi vous l'avez séparé de moi.

— Je te l'ai déjà dit, répondit le directeur, parce que.

Et, tournant le dos à Claude, il avança la main vers le loquet de la porte de sortie.

À la réponse du directeur, Claude avait reculé d'un pas. Les quatre-vingts statues qui étaient là virent sortir de son pantalon sa main droite avec la hache. Cette main se leva, et, avant que le directeur eût pu pousser un cri, trois coups de hache, chose affreuse à dire, assénés tous les trois dans la même entaille, lui avaient ouvert le crâne. Au moment où il tombait à la renverse, un quatrième coup lui balafra le visage ; puis, comme une fureur lancée ne s'arrête pas court, Claude Gueux lui fendit la cuisse droite d'un cinquième coup inutile. Le directeur était mort.

Alors Claude jeta la hache et cria : *À l'autre maintenant !* L'autre, c'était lui. On le vit tirer de sa veste les petits ciseaux de « sa femme », et, sans que personne songeât à l'en empêcher, il se les enfonça dans la poitrine. La lame était courte, la poitrine était profonde. Il y fouilla longtemps et à plus de vingt reprises en criant : – Cœur de damné, je ne te trouverai donc pas ! – Et enfin il tomba baigné dans son sang, évanoui sur le mort.

Lequel des deux était la victime de l'autre ?

Quand Claude reprit connaissance, il était dans un lit, couvert de linges et de bandages, entouré de soins. Il avait auprès de son chevet de bonnes sœurs de charité, et de plus un juge d'instruction qui instrumentait[1] et qui lui demanda avec beaucoup d'intérêt : – *Comment vous trouvez-vous ?*

Il avait perdu une grande quantité de sang, mais les ciseaux avec lesquels il avait eu la superstition touchante de se frapper avaient mal fait leur devoir ; aucun des coups qu'il s'était portés n'était dangereux. Il n'y avait de mortelles pour lui que les blessures qu'il avait faites à M. D.

Les interrogatoires commencèrent. On lui demanda si c'était lui qui avait tué le directeur des ateliers de la prison de Clairvaux. Il répondit : *Oui.* On lui demanda pourquoi. Il répondit : *Parce que.*

Cependant, à un certain moment, ses plaies s'envenimèrent ; il fut pris d'une fièvre mauvaise dont il faillit mourir.

Novembre, décembre, janvier et février se passèrent en soins et en préparatifs ; médecins et juges s'empressaient autour de Claude ; les uns guérissaient ses blessures, les autres dressaient son échafaud.

1. Ici, dressait un acte d'accusation.

Abrégeons. Le 16 mars 1832, il parut, étant parfaitement guéri, devant la cour d'assises de Troyes. Tout ce que la ville peut donner de foule était là.

Claude eut une bonne attitude devant la cour. Il s'était fait raser avec soin, il avait la tête nue, il portait ce morne habit des prisonniers de Clairvaux, mi-parti de deux espèces de gris.

Le procureur du roi avait encombré la salle de bayonnettes[1], « afin, dit-il à l'audience, de contenir tous les scélérats qui devaient figurer comme témoins dans cette affaire ».

Lorsqu'il fallut entamer le débat, il se présenta une difficulté singulière. Aucun des témoins des événements du 4 novembre ne voulait déposer contre Claude. Le président les menaça de son pouvoir discrétionnaire. Ce fut en vain. Claude alors leur commanda de déposer. Toutes les langues se délièrent. Ils dirent ce qu'ils avaient vu.

Claude les écoutait tous avec une profonde attention. Quand l'un d'eux, par oubli, ou par affection pour Claude, omettait des faits à la charge de l'accusé, Claude les rétablissait.

De témoignage en témoignage, la série des faits que nous venons de développer se déroula devant la cour.

1. Ancienne orthographe de « baïonnettes » (fabriquées d'abord à Bayonne) ; ici, soldats armés de baïonnettes.

Il y eut un moment où les femmes qui étaient là pleurèrent. L'huissier appela le condamné Albin. C'était son tour de déposer. Il entra en chancelant ; il sanglotait. Les gendarmes ne purent empêcher qu'il n'allât tomber dans les bras de Claude. Claude le soutint et dit en souriant au procureur du roi : – Voilà un scélérat qui partage son pain avec ceux qui ont faim. – Puis il baisa la main d'Albin.

La liste des témoins épuisée, monsieur le procureur du roi se leva et prit la parole en ces termes : – Messieurs les jurés, la société serait ébranlée jusque dans ses fondements, si la vindicte publique n'atteignait pas les grands coupables comme celui qui, etc.

Après ce discours mémorable, l'avocat de Claude parla. La plaidoirie contre et la plaidoirie pour firent, chacune à leur tour, les évolutions qu'elles ont coutume de faire dans cette espèce d'hippodrome qu'on appelle un procès criminel.

Claude jugea que tout n'était pas dit. Il se leva à son tour. Il parla de telle sorte qu'une personne intelligente qui assistait à cette audience s'en revint frappée d'étonnement.

Il paraît que ce pauvre ouvrier contenait bien plutôt un orateur qu'un assassin. Il parla debout, avec une voix pénétrante et bien ménagée, avec un œil clair, honnête et résolu, avec un geste presque toujours le même, mais plein d'empire. Il dit les choses comme elles étaient, simplement, sérieusement, sans charger ni amoindrir, convint de tout, regarda l'article 296[1] en face, et posa sa tête dessous. Il eut des moments de véritable haute éloquence qui faisaient remuer la foule, et où l'on se répétait à l'oreille dans l'auditoire ce qu'il venait de dire.

Cela faisait un murmure pendant lequel Claude reprenait haleine en jetant un regard fier sur les assistants.

Dans d'autres instants, cet homme qui ne savait pas lire était doux, poli, choisi comme un lettré ; puis, par moments encore, modeste, mesuré, attentif, marchant pas à pas dans la partie irritante de la discussion, bienveillant pour les juges.

Une fois seulement, il se laissa aller à une secousse de colère. Le procureur du roi avait établi dans le discours que nous avons cité en entier que Claude Gueux avait assassiné le directeur des ateliers sans voie de fait ni violence de la part du directeur, par conséquent *sans provocation*.

— Quoi ! s'écria Claude, je n'ai pas été provoqué. Ah ! oui, vraiment, c'est juste, je vous comprends. Un homme ivre me donne un coup de poing, je le tue, j'ai été provoqué, vous me faites grâce, vous m'envoyez aux galères. Mais un

1. Article du code pénal, selon lequel l'assassinat (meurtre avec préméditation) était puni de mort.

homme qui n'est pas ivre et qui a toute sa raison me comprime le cœur pendant quatre ans, m'humilie pendant quatre ans, me pique tous les jours, toutes les heures, toutes les minutes, d'un coup d'épingle à quelque place inattendue pendant quatre ans ! J'avais une femme pour qui j'ai volé, il me torture avec cette femme ; j'avais un enfant pour qui j'ai volé, il me torture avec cet enfant ; je n'ai pas assez de pain, un ami m'en donne, il m'ôte mon ami et mon pain. Je redemande mon ami, il me met au cachot. Je lui dis *vous*, à lui mouchard, il me dit *tu*. Je lui dis que je souffre, il me dit que je l'ennuie. Alors que voulez-vous que je fasse ? Je le tue. C'est bien, je suis un monstre, j'ai tué cet homme, je n'ai pas été provoqué, vous me coupez la tête. Faites !

Mouvement sublime, selon nous, qui faisait tout à coup surgir, au-dessus du système de la provocation matérielle, sur lequel s'appuie l'échelle mal proportionnée des circonstances atténuantes, toute une théorie de la provocation morale oubliée par la loi.

Les débats fermés, le président fit son résumé impartial et lumineux. Il en résulta ceci. Une vilaine vie. Un monstre en effet. Claude Gueux avait commencé par vivre en concubinage avec une fille publique, puis il avait volé, puis il avait tué. Tout cela était vrai.

Au moment d'envoyer les jurés dans leur chambre, le président demanda à l'accusé s'il avait quelque chose à dire sur la position des questions[1].

— Peu de chose, dit Claude. Voici, pourtant. Je suis un voleur et un assassin ; j'ai volé et tué. Mais pourquoi ai-je volé ? pourquoi ai-je tué ? Posez-vous ces deux questions, messieurs les jurés.

Après un quart d'heure de délibération, sur la déclaration des douze Champenois qu'on appelait *messieurs les jurés*, Claude Gueux fut condamné à mort.

Il est certain que, dès l'ouverture des débats, plusieurs d'entre eux avaient remarqué que l'accusé s'appelait *Gueux*, ce qui leur avait fait une impression profonde.

On lut son arrêt à Claude, qui se contenta de dire :

— *C'est bien. Mais pourquoi cet homme a-t-il volé ? Pourquoi cet homme a-t-il tué ? Voilà deux questions auxquelles ils ne répondent pas.*

Rentré dans la prison, il soupa gaiement et dit :

— Trente-six ans de faits !

Il ne voulut pas se pourvoir en cassation. Une des sœurs qui l'avaient soigné vint l'en prier avec larmes. Il se pourvut par complaisance pour elle.

1. La manière de formuler les questions qui sont posées aux jurés lorsqu'ils doivent rendre leur verdict.

Il paraît qu'il résista jusqu'au dernier instant, car, au moment où il signa son pourvoi sur le registre du greffe, le délai légal des trois jours était expiré depuis quelques minutes.

La pauvre fille reconnaissante lui donna cinq francs. Il prit l'argent et la remercia.

Pendant que son pourvoi pendait, des offres d'évasion lui furent faites par les prisonniers de Troyes, qui s'y dévouaient tous. Il refusa.

Les détenus jetèrent successivement dans son cachot, par le soupirail, un clou, un morceau de fil de fer et une anse de seau. Chacun de ces trois outils eût suffi, à un homme aussi intelligent que l'était Claude, pour limer ses fers. Il remit l'anse, le fil de fer et le clou au guichetier.

Le 8 juin 1832, sept mois et quatre jours après le fait, l'expiation arriva, *pede claudo*[1], comme on voit. Ce jour-là, à sept heures du matin, le greffier du tribunal entra dans le cachot de Claude, et lui annonça qu'il n'avait plus qu'une heure à vivre.

Son pourvoi était rejeté.

— Allons, dit Claude froidement, j'ai bien dormi cette nuit, sans me douter que je dormirais encore mieux la prochaine.

Il paraît que les paroles des hommes forts doivent toujours recevoir de l'approche de la mort une certaine grandeur.

1. « Avec un pied boiteux » : lentement.

Le prêtre arriva, puis le bourreau. Il fut humble avec le prêtre, doux avec l'autre. Il ne refusa ni son âme, ni son corps.

Il conserva une liberté d'esprit parfaite. Pendant qu'on lui coupait les cheveux, quelqu'un parla, dans un coin du cachot, du choléra qui menaçait Troyes en ce moment.

— Quant à moi, dit Claude avec un sourire, je n'ai pas peur du choléra.

Il écoutait d'ailleurs le prêtre avec une attention extrême, en s'accusant beaucoup et en regrettant de n'avoir pas été instruit dans la religion.

Sur sa demande, on lui avait rendu les ciseaux avec lesquels il s'était frappé. Il y manquait une lame qui s'était brisée dans sa poitrine. Il pria le geôlier de faire porter de sa part ces ciseaux à Albin. Il dit aussi qu'il désirait qu'on ajoutât à ce legs la ration de pain qu'il aurait dû manger ce jour-là.

Il pria ceux qui lui lièrent les mains de mettre dans sa main droite la pièce de cinq francs que lui avait donnée la sœur, la seule chose qui lui restât désormais.

À huit heures moins un quart, il sortit de la prison, avec tout le lugubre cortège ordinaire des condamnés. Il était à pied, pâle, l'œil fixé sur le crucifix du prêtre, mais marchant d'un pas ferme.

On avait choisi ce jour-là pour l'exécution, parce que c'était jour de marché, afin qu'il y eût le plus de regards possible sur son passage ; car il paraît qu'il y a encore en France des bourgades à demi sauvages où, quand la société tue un homme, elle s'en vante.

Il monta sur l'échafaud gravement, l'œil toujours fixé sur le gibet du Christ. Il voulut embrasser le prêtre, puis le bourreau, remerciant l'un, pardonnant à l'autre. Le bourreau *le repoussa doucement*, dit une relation. Au moment où l'aide le liait sur la hideuse mécanique, il fit signe au prêtre de prendre la pièce de cinq francs qu'il avait dans sa main droite et lui dit :

— *Pour les pauvres.*

Comme huit heures sonnaient en ce moment, le bruit du beffroi de l'horloge couvrit sa voix, et le confesseur lui répondit qu'il n'entendait pas. Claude attendit l'intervalle de deux coups et répéta avec douceur :

— *Pour les pauvres.*

Le huitième coup n'était pas encore sonné que cette noble et intelligente tête était tombée. Admirable effet des exécutions publiques ! ce jour-là même, la machine étant encore debout au milieu d'eux et pas lavée, les gens du marché s'ameutèrent pour une question de tarif et faillirent massacrer un employé de l'octroi[1]. Le doux peuple que vous font ces lois-là !

1. Administration chargée, jusqu'au début du XXe siècle, de prélever des taxes sur l'introduction de certaines marchandises dans les villes.

Nous avons cru devoir raconter en détail l'histoire de Claude Gueux, parce que, selon nous, tous les paragraphes de cette histoire pourraient servir de têtes de chapitre au livre où serait résolu le grand problème du peuple au dix-neuvième siècle.

Dans cette vie importante il y a deux phases principales : avant la chute, après la chute ; et, sous ces deux phases, deux questions : question de l'éducation, question de la pénalité ; et, entre ces deux questions, la société tout entière.

Cet homme, certes, était bien né, bien organisé, bien doué. Que lui a-t-il donc manqué ? Réfléchissez.

C'est là le grand problème de proportion dont la solution, encore à trouver, donnera l'équilibre universel : *Que la société fasse toujours pour l'individu autant que la nature.*

Voyez Claude Gueux. Cerveau bien fait, cœur bien fait, sans nul doute. Mais le sort le met dans une société si mal faite, qu'il finit par voler ; la société le met dans une prison si mal faite, qu'il finit par tuer.

Qui est réellement coupable ?

Est-ce lui ?

Est-ce nous ?

Questions sévères, questions poignantes, qui sollicitent à cette heure toutes les intelligences, qui nous tirent tous tant que nous sommes par le pan de notre habit, et qui nous barreront un jour si complètement le chemin, qu'il faudra bien les regarder en face et savoir ce qu'elles nous veulent.

Celui qui écrit ces lignes essaiera de dire bientôt peut-être de quelle façon il les comprend.

Quand on est en présence de pareils faits, quand on songe à la manière dont ces questions nous pressent, on se demande à quoi pensent ceux qui gouvernent, s'ils ne pensent pas à cela.

Les Chambres sont tous les ans gravement occupées. Il est sans doute très important de désenfler les sinécures et d'écheniller le budget[1] ; il est très important de faire des lois pour que j'aille, déguisé en soldat, monter patriotiquement la garde à la porte de M. le comte de Lobau[2], que je ne connais pas et que je ne veux pas connaître, ou pour me contraindre à parader au carré Marigny, sous le bon plaisir de mon épicier, dont on a fait mon officier*.

1. Supprimer des postes et alléger le budget de l'État des dépenses inutiles.

2. Alors commandant en chef de la garde nationale (sorte de milice des villes qui pouvait recruter tous les citoyens de seize à soixante ans).

* Il va sans dire que nous n'entendons pas attaquer ici la patrouille urbaine, chose utile, qui garde la rue, le seuil et le foyer ; mais seulement la parade, le pompon, la gloriole et le tapage militaire, choses ridicules, qui ne servent qu'à faire du bourgeois une parodie de soldat.

Il est important, députés ou ministres, de fatiguer et de tirailler toutes les choses et toutes les idées de ce pays dans des discussions pleines d'avortements ; il est essentiel, par exemple, de mettre sur la sellette et d'interroger et de questionner à grands cris, et sans savoir ce qu'on dit, l'art du dix-neuvième siècle, ce grand et sévère accusé qui ne daigne pas répondre et qui fait bien ; il est expédient de passer son temps, gouvernants et législateurs, en conférences classiques qui font hausser les épaules aux maîtres d'école de la banlieue ; il est utile de déclarer que c'est le drame moderne qui a inventé l'inceste, l'adultère, le parricide, l'infanticide et l'empoisonnement, et de prouver par là qu'on ne connaît ni Phèdre, ni Jocaste, ni Œdipe, ni Médée, ni Rodogune ; il est indispensable que les orateurs politiques de ce pays ferraillent, trois grands jours durant, à propos du budget, pour Corneille et Racine, contre on ne sait qui, et profitent de cette occasion littéraire pour s'enfoncer les uns les autres à qui mieux mieux dans la gorge de grandes fautes de français jusqu'à la garde.

Tout cela est important, nous croyons cependant qu'il pourrait y avoir des choses plus importantes encore.

Que dirait la Chambre, au milieu des futiles démêlés qui font si souvent colleter[1] le ministère

1. Prendre au collet : attaquer.

par l'opposition et l'opposition par le ministère, si, tout à coup, des bancs de la Chambre ou de la tribune publique, qu'importe ? quelqu'un se levait et disait ces sérieuses paroles :

— Taisez-vous, qui que vous soyez, vous qui parlez ici, taisez-vous ! vous croyez être dans la question, vous n'y êtes pas.

La question, la voici. La justice vient, il y a un an à peine, de déchiqueter un homme à Pamiers avec un eustache[1] ; à Dijon, elle vient d'arracher la tête à une femme ; à Paris, elle fait, barrière Saint-Jacques, des exécutions inédites.

Ceci est la question. Occupez-vous de ceci.

Vous vous querellerez après pour savoir si les boutons de la garde nationale doivent être blancs ou jaunes, et si *l'assurance* est une plus belle chose que la *certitude*.

Messieurs des centres, messieurs des extrémités, le gros du peuple souffre.

Que vous l'appeliez république ou que vous l'appeliez monarchie, le peuple souffre. Ceci est un fait.

Le peuple a faim, le peuple a froid. La misère le pousse au crime ou au vice, selon le sexe. Ayez pitié du peuple, à qui le bagne prend ses fils, et le lupanar ses filles. Vous avez trop de forçats, vous avez trop de prostituées.

1. Couteau, dans la langue populaire.

Que prouvent ces deux ulcères ?

Que le corps social a un vice dans le sang.

Vous voilà réunis en consultation au chevet du malade ; occupez-vous de la maladie.

Cette maladie, vous la traitez mal. Étudiez-la mieux. Les lois que vous faites, quand vous en faites, ne sont que des palliatifs et des expédients. Une moitié de vos codes est routine, l'autre moitié empirisme.

La flétrissure[1] était une cautérisation qui gangrenait la plaie ; peine insensée que celle qui pour la vie scellait et rivait le crime sur le criminel ! qui en faisait deux amis, deux compagnons, deux inséparables !

Le bagne est un vésicatoire[2] absurde qui laisse résorber, non sans l'avoir rendu pire encore, presque tout le mauvais sang qu'il extrait. La peine de mort est une amputation barbare.

Or, flétrissure, bagne, peine de mort, trois choses qui se tiennent. Vous avez supprimé la flétrissure, si vous êtes logiques, supprimez le reste.

Le fer rouge, le boulet et le couperet, c'étaient les trois parties d'un syllogisme.

Vous avez ôté le fer rouge ; le boulet et le

1. Marque au fer rouge imposée à un condamné au bagne.

2. Emplâtre irritant (médicament).

couperet n'ont plus de sens. Farinace[1] était atroce ; mais il n'était pas absurde.

Démontez-moi cette vieille échelle boiteuse des crimes et des peines, et refaites-la. Refaites votre pénalité, refaites vos codes, refaites vos prisons, refaites vos juges. Remettez les lois au pas des mœurs.

Messieurs, il se coupe trop de têtes par an en France. Puisque vous êtes en train de faire des économies, faites-en là-dessus.

Puisque vous êtes en verve de suppressions, supprimez le bourreau. Avec la solde de vos quatre-vingts bourreaux, vous payerez six cents maîtres d'école.

Songez au gros du peuple. Des écoles pour les enfants, des ateliers pour les hommes.

Savez-vous que la France est un des pays de l'Europe où il y a le moins de natifs qui sachent lire ! Quoi ! la Suisse sait lire, la Belgique sait lire, le Danemark sait lire, la Grèce sait lire, l'Irlande sait lire, et la France ne sait pas lire ? c'est une honte.

Allez dans les bagnes. Appelez autour de vous toute la chiourme. Examinez un à un tous ces damnés de la loi humaine. Calculez l'inclinaison de tous ces profils, tâtez tous ces crânes. Chacun

1. Prospero Farinacci (1554-1618), magistrat italien célèbre par sa sévérité dans l'application des peines.

de ces hommes tombés a au-dessous de lui son type bestial ; il semble que chacun d'eux soit le point d'intersection de telle ou telle espèce animale avec l'humanité. Voici le loup-cervier, voici le chat, voici le singe, voici le vautour, voici la hyène. Or, de ces pauvres têtes mal conformées, le premier tort est à la nature sans doute, le second à l'éducation.

La nature a mal ébauché, l'éducation a mal retouché l'ébauche. Tournez vos soins de ce côté. Une bonne éducation au peuple. Développez de votre mieux ces malheureuses têtes, afin que l'intelligence qui est dedans puisse grandir.

Les nations ont le crâne bien ou mal fait selon leurs institutions.

Rome et la Grèce avaient le front haut. Ouvrez le plus que vous pourrez l'angle facial du peuple.

Quand la France saura lire, ne laissez pas sans direction cette intelligence que vous aurez développée. Ce serait un autre désordre. L'ignorance vaut encore mieux que la mauvaise science. Non. Souvenez-vous qu'il y a un livre plus philosophique que *Le Compère Mathieu*, plus populaire que le *Constitutionnel*, plus éternel que la charte de 1830 ; c'est l'Écriture sainte[1]. Et ici un mot d'explication.

1. La Bible, opposée au « roman philosophique » de Dulaurens (1766) et au journal *Le Constitutionnel* de tendance libérale.

Quoi que vous fassiez, le sort de la grande foule, de la multitude, de la *majorité*, sera toujours relativement pauvre, et malheureux, et triste. À elle le dur travail, les fardeaux à pousser, les fardeaux à traîner, les fardeaux à porter.

Examinez cette balance : toutes les jouissances dans le plateau du riche, toutes les misères dans le plateau du pauvre. Les deux parts ne sont-elles pas inégales ? La balance ne doit-elle pas nécessairement pencher, et l'État avec elle ?

Et maintenant dans le lot du pauvre, dans le plateau des misères, jetez la certitude d'un avenir céleste, jetez l'aspiration au bonheur éternel, jetez le paradis, contrepoids magnifique ! Vous rétablissez l'équilibre. La part du pauvre est aussi riche que la part du riche.

C'est ce que savait Jésus, qui en savait plus long que Voltaire.

Donnez au peuple qui travaille et qui souffre, donnez au peuple, pour qui ce monde-ci est mauvais, la croyance à un meilleur monde fait pour lui.

Il sera tranquille, il sera patient. La patience est faite d'espérance.

Donc ensemencez les villages d'évangiles. Une bible par cabane. Que chaque livre et chaque champ produisent à eux deux un travailleur moral.

La tête de l'homme du peuple, voilà la question. Cette tête est pleine de germes utiles. Employez pour la faire mûrir et venir à bien ce qu'il y a de plus lumineux et de mieux tempéré dans la vertu.

Tel a assassiné sur les grandes routes qui, mieux dirigé, eût été le plus excellent serviteur de la cité.

Cette tête de l'homme du peuple, cultivez-la, défrichez-la, arrosez-la, fécondez-la, éclairez-la, moralisez-la, utilisez-la ; vous n'aurez pas besoin de la couper.

LA CHUTE

I

LE SOIR D'UN JOUR DE MARCHE

Dans les premiers jours du mois d'octobre 1815, une heure environ avant le coucher du soleil, un homme qui voyageait à pied entrait dans la petite ville de D. –. Les rares habitants qui se trouvaient, en ce moment, à leurs fenêtres ou sur le seuil de leurs maisons, regardaient ce voyageur avec une sorte d'inquiétude. Il était difficile de rencontrer un passant d'un aspect plus misérable. C'était un homme de moyenne taille, trapu et robuste, dans la force de l'âge. Il pouvait avoir quarante-six ou quarante-huit ans. Une casquette à visière de cuir rabattue cachait en partie son visage brûlé par le soleil et le hâle et ruisselant de sueur. Sa chemise de grosse toile jaune, rattachée au col par une petite ancre d'argent, laissait voir sa poitrine velue ; il avait une cravate, tordue en corde, un pantalon de coutil bleu, usé et râpé, blanc à un genou, troué à l'autre, une vieille blouse grise en haillons, rapiécée à l'un des coudes d'un morceau de drap vert cousu avec de la ficelle, sur le dos un sac de soldat fort plein, bien bouclé et tout neuf, à la main un énorme bâton noueux, les pieds sans bas dans des souliers ferrés, la tête tondue et la barbe longue.

La sueur, la chaleur, le voyage à pied, la poussière, ajoutaient je ne sais quoi de sordide à cet ensemble délabré.

Les cheveux étaient ras, et pourtant hérissés ; car ils commençaient à pousser un peu et semblaient n'avoir pas été coupés depuis quelque temps.

Personne ne le connaissait. Ce n'était évidemment qu'un passant. D'où venait-il ? Du midi. Des bords de la mer peut-être. Car il faisait son entrée dans D. – par la même rue qui sept mois auparavant avait vu passer l'empereur Napoléon allant de Cannes à Paris. Cet homme avait dû marcher tout le jour. Il paraissait très fatigué. Des femmes de l'ancien bourg qui est au bas de la ville l'avaient vu s'arrêter sous les arbres du boulevard Gassendi et boire à la fontaine qui est à l'extrémité de la promenade. Il fallait qu'il eût bien soif, car des enfants qui le suivaient le virent encore s'arrêter et boire, deux cents pas plus loin, à la fontaine de la place du marché.

Arrivé au coin de la rue Poichevert, il tourna à gauche et se dirigea vers la mairie. Il y entra ; puis sortit un quart d'heure après. Un gendarme était assis près de la porte sur le banc de pierre où le général Drouot monta le 4 mars pour lire à la foule effarée des habitants de D. – la proclamation du golfe Juan. L'homme ôta sa casquette et salua humblement le gendarme.

Le gendarme, sans répondre à son salut, le regarda avec attention, le suivit quelque temps des yeux, puis entra dans la maison de ville.

Il y avait alors à D. – une belle auberge à l'enseigne de *La Croix-de-Colbas*. Cette auberge avait pour hôtelier un nommé Jacquin Labarre, homme considéré dans la ville pour sa parenté avec un autre Labarre, qui tenait à Grenoble l'auberge des *Trois-Dauphins* et qui avait servi dans les guides. Lors du débarquement de l'empereur, beaucoup de bruits avaient couru dans le pays sur cette auberge des *Trois-Dauphins*. On contait que le général Bertrand, déguisé en charretier, y avait fait de fréquents voyages au mois de janvier, et qu'il y avait distribué des croix d'honneur à des soldats et des poignées de napoléons à des bourgeois. La réalité est que l'empereur, entré dans Grenoble, avait refusé de s'installer à l'hôtel de la préfecture ; il avait remercié le maire en disant : *Je vais chez un brave homme que je connais*, et il était allé aux *Trois-Dauphins.* Cette gloire du Labarre des *Trois-Dauphins* se reflétait à vingt-cinq lieues de distance jusque sur le Labarre de *La Groix-de-Colbas.* On disait de lui dans la ville : *c'est le cousin de celui de Grenoble.*

L'homme se dirigea vers cette auberge qui était la meilleure du pays. Il entra dans la cuisine, laquelle s'ouvrait de plain-pied sur la rue. Tous les fourneaux étaient allumés ; un grand feu flambait gaiement dans la cheminée. L'hôte, qui était en même temps le chef, allait de l'âtre aux casseroles, fort occupé et surveillant un excellent dîner destiné à des rouliers qu'on entendait rire et parler à grand bruit dans une salle voisine. Quiconque a voyagé sait que personne ne fait meilleure chère que les rouliers. Une marmotte grasse, flanquée de perdrix blanches et de coqs de bruyère, tournait sur une longue broche devant le feu ; sur les fourneaux cuisaient deux grosses carpes du lac de Lauzet et une truite du lac d'Alloz.

L'hôte, entendant la porte s'ouvrir et entrer un nouveau venu, dit sans lever les yeux de ses fourneaux :

— Que veut monsieur ?

— Manger et coucher, dit l'homme.

— Rien de plus facile, reprit l'hôte. En ce

moment il tourna la tête, embrassa d'un coup d'œil tout l'ensemble du voyageur, et ajouta : en payant.

L'homme tira une grosse bourse de cuir de la poche de sa blouse et répondit :

— J'ai de l'argent.

— En ce cas on est à vous, dit l'hôte.

L'homme remit sa bourse en poche, se déchargea de son sac, le posa à terre près de la porte, garda son bâton à la main et alla s'asseoir sur une escabelle basse près du feu. D. – est dans la montagne. Les soirées d'octobre y sont froides.

Cependant, tout en allant et venant, l'hôte considérait le voyageur.

— Dîne-t-on bientôt ? dit l'homme.

— Tout à l'heure, dit l'hôte.

Pendant que le nouveau venu se chauffait le dos tourné, le digne aubergiste Jacquin Labarre tira un crayon de sa poche, puis il déchira le coin d'un vieux journal qui traînait sur une petite table près de la fenêtre. Sur la marge blanche il écrivit une ligne ou deux, plia sans cacheter et remit ce chiffon de papier à un enfant qui paraissait lui servir tout à la fois de marmiton et de laquais. L'aubergiste dit un mot à l'oreille du marmiton, et l'enfant partit en courant dans la direction de la mairie.

Le voyageur n'avait rien vu de tout cela.

Il demanda encore une fois :

— Dîne-t-on bientôt ?

— Tout à l'heure, dit l'hôte.

L'enfant revint. Il rapportait le papier. L'hôte le déplia avec empressement, comme quelqu'un qui attend une réponse. Il parut lire attentivement, puis hocha la tête et resta un moment pensif. Enfin il fit un pas vers le voyageur qui semblait plongé dans des réflexions peu sereines.

— Monsieur, dit-il, je ne puis vous recevoir.

L'homme se dressa à demi sur son séant.

— Comment ? avez-vous peur que je ne paie pas ? voulez-vous que je paie d'avance ? J'ai de l'argent, vous dis-je.

— Ce n'est pas cela.

— Quoi donc ?

— Vous avez de l'argent...

— Oui, dit l'homme.

— Et moi, dit l'hôte, je n'ai pas de chambre.

L'homme reprit tranquillement :

— Mettez-moi à l'écurie.

— Je ne puis.

— Pourquoi ?

— Les chevaux prennent toute la place.

— Eh bien ! repartit l'homme, un coin dans le grenier. Une botte de paille. Nous verrons cela après dîner.

— Je ne puis vous donner à dîner.

Cette déclaration, faite d'un ton mesuré, mais ferme, parut grave à l'étranger. Il se leva.

— Ah bah ! mais je meurs de faim, moi. J'ai

marché dès le soleil levé. J'ai fait douze lieues. Je paie. Je veux manger.

— Je n'ai rien, dit l'hôte.

L'homme éclata de rire, et se tourna vers la cheminée et les fourneaux : – Rien ! et tout cela ?

— Tout cela m'est retenu.

— Par qui ?

— Par ces messieurs les rouliers.

— Combien sont-ils ?

— Douze.

— Il y a là à manger pour vingt.

— Ils ont tout retenu et tout payé d'avance.

L'homme se rassit et dit sans hausser la voix :

— Je suis à l'auberge, j'ai faim et je reste.

L'hôte alors se pencha à son oreille, et lui dit d'un accent qui le fit tressaillir :

— Allez-vous-en.

Le voyageur était courbé en cet instant et poussait quelques braises dans le feu avec le bout ferré de son bâton, il se retourna vivement, et, comme il ouvrait la bouche pour répliquer, l'hôte le regarda fixement et ajouta toujours à voix basse :

— Tenez, assez de paroles comme cela. Voulez-vous que je vous dise votre nom ? Vous vous appelez Jean Valjean. Maintenant voulez-vous que je vous dise qui vous êtes ? En vous voyant entrer, je me suis douté de quelque chose, j'ai envoyé à la mairie, et voici ce qu'on m'a répondu. Savez-vous lire ?

En parlant ainsi il tendait à l'étranger, tout déplié, le papier qui venait de voyager de l'auberge à la mairie et de la mairie à l'auberge. L'homme y jeta un regard. L'aubergiste reprit après un silence :

— J'ai l'habitude d'être poli avec tout le monde. Allez-vous-en.

L'homme baissa la tête, ramassa le sac qu'il avait déposé à terre, et s'en alla.

Il prit la grande rue. Il marchait devant lui au hasard, rasant de près les maisons comme un homme humilié et triste. Il ne se retourna pas une seule fois. S'il s'était retourné, il aurait vu l'aubergiste de *La Croix-de-Colbas* sur le seuil de sa porte, entouré de tous les voyageurs de son auberge et de tous les passants de la rue, parlant vivement et le désignant du doigt ; et, aux regards de défiance et d'effroi du groupe, il aurait deviné qu'avant peu son arrivée serait l'événement de toute la ville.

Il ne vit rien de tout cela. Les gens accablés ne regardent pas derrière eux. Ils ne savent que trop que le mauvais sort les suit.

Il chemina ainsi quelque temps, marchant toujours, allant à l'aventure par des rues qu'il ne connaissait pas, oubliant la fatigue, comme cela arrive dans la tristesse. Tout à coup il sentit vivement la faim. La nuit approchait. Il regarda autour de lui pour voir s'il ne découvrirait pas quelque gîte.

La belle hôtellerie s'était fermée pour lui ; il cherchait quelque cabaret bien humble, quelque bouge bien pauvre.

Précisément une lumière s'allumait au bout de la rue ; une branche de pin, pendue à une potence en fer, se dessinait sur le ciel blanc du crépuscule. Il y alla.

C'était en effet un cabaret. Le cabaret qui est dans la rue de Chaffaut.

Le voyageur s'arrêta un moment, et regarda par la vitre l'intérieur de la salle basse du cabaret, éclairée par une petite lampe sur une table et par un grand feu dans la cheminée. Quelques hommes y buvaient. L'hôte se chauffait. La flamme faisait bruire une marmite de fer accrochée à une crémaillère.

On entre dans ce cabaret, qui est aussi une espèce d'auberge, par deux portes. L'une donne sur la rue, l'autre s'ouvre sur une petite cour pleine de fumier.

Le voyageur n'osa pas entrer par la porte de la rue. Il se glissa dans la cour, s'arrêta encore, puis leva timidement le loquet et poussa la porte.

— Qui va là ? dit le maître.

— Quelqu'un qui voudrait souper et coucher.

— C'est bon. Ici on soupe et on couche.

Il entra. Tous les gens qui buvaient se retournèrent. La lampe l'éclairait d'un côté, le feu de l'autre. On l'examina quelque temps pendant qu'il défaisait son sac.

L'hôte lui dit :

— Voilà du feu. Le souper cuit dans la marmite. Venez vous chauffer, camarade.

Il alla s'asseoir près de l'âtre. Il allongea devant le feu ses pieds meurtris par la fatigue ; une bonne odeur sortait de la marmite. Tout ce qu'on pouvait distinguer de son visage sous sa casquette baissée prit une vague apparence de bien-être mêlée à cet autre aspect si poignant que donne l'habitude de la souffrance.

C'était d'ailleurs un profil ferme, énergique et triste. Cette physionomie était étrangement composée ; elle commençait par paraître humble et finissait par sembler sévère. L'œil luisait sous les sourcils comme un feu sous une broussaille.

Cependant un des hommes attablés était un poissonnier qui, avant d'entrer au cabaret de la rue de Chaffaut, était allé mettre son cheval à l'écurie, chez Labarre. Le hasard faisait que le matin même il avait rencontré cet étranger de mauvaise mine, cheminant entre Bras-d'Asse et... (j'ai oublié le nom. Je crois que c'est Escoublon). Or, en le rencontrant, l'homme, qui paraissait déjà très fatigué, lui avait demandé de le prendre en croupe, à quoi le poissonnier n'avait répondu qu'en doublant le pas. Ce poissonnier faisait partie, une demi-heure auparavant, du groupe qui entourait Jacquin Labarre, et lui-même avait raconté sa désagréable rencontre du matin aux gens de *La Croix-de-Colbas.* Il fit de sa place au cabaretier un signe imperceptible. Le cabaretier vint à lui. Ils échangèrent quelques paroles à voix basse. L'homme était retombé dans ses réflexions.

Le cabaretier revint à la cheminée, posa brusquement sa main sur l'épaule de l'homme, et lui dit :

— Tu vas t'en aller d'ici.

L'étranger se retourna et répondit avec douceur :

— Ah ! vous savez ?....

— Oui.

— On m'a renvoyé de l'autre auberge.

— Et l'on te chasse de celle-ci.

— Où voulez-vous que j'aille ?

— Ailleurs.

L'homme prit son bâton et son sac, et s'en alla.

Comme il sortait, quelques enfants qui l'avaient suivi depuis *La Croix-de-Colbas* et qui semblaient l'attendre, lui jetèrent des pierres. Il revint sur ses pas avec colère et les menaça de son bâton ; les enfants se dispersèrent comme une volée d'oiseaux.

Il passa devant la prison. À la porte pendait une chaîne de fer attachée à une cloche. Il sonna.

Un guichet s'ouvrit.

— Monsieur le guichetier, dit-il en ôtant respectueusement sa casquette, voudriez-vous bien m'ouvrir et me loger pour cette nuit ?

Une voix répondit :

— Une prison n'est pas une auberge. Faites-vous arrêter, on vous ouvrira.

Le guichet se referma.

Il entra dans une petite rue où il y a beaucoup de jardins. Quelques-uns ne sont enclos que de haies, ce qui égaie la rue. Parmi ces jardins et ces haies, il vit une petite maison d'un seul étage dont la fenêtre était éclairée. Il regarda par cette vitre comme il avait fait pour le cabaret. C'était une grande chambre blanchie à la chaux, avec un lit drapé d'indienne imprimée, et un berceau dans un coin, quelques chaises de bois et un fusil à deux coups accroché au mur. Une table était servie au milieu de la chambre. Une lampe de cuivre éclairait la nappe de grosse toile blanche, le broc d'étain luisant comme l'argent et plein de vin et la soupière brune qui fumait. À cette table était assis un homme d'une quarantaine d'années, à la figure joyeuse et ouverte, qui faisait sauter un petit enfant sur ses genoux. Près de lui une femme, toute jeune, allaitait un autre enfant. Le père riait, l'enfant riait, la mère souriait.

L'étranger resta un moment rêveur devant ce spectacle doux et calmant. Que se passait-il en lui ? Lui seul eût pu le dire. Il est probable qu'il pensa que cette maison joyeuse serait hospitalière, et que là où il voyait tant de bonheur, il trouverait peut-être un peu de pitié.

Il frappa au carreau un petit coup très faible.

On n'entendit pas.

Il frappa un second coup.

Il entendit la femme qui disait :

— Mon homme, il me semble qu'on frappe.

— Non, répondit le mari.

Il frappa un troisième coup.

Le mari se leva, prit la lampe et alla à la porte qu'il ouvrit.

C'était un homme de haute taille, demi-paysan, demi-artisan. Il portait un vaste tablier de cuir qui montait jusqu'à son épaule gauche et dans lequel faisaient ventre un marteau, un mouchoir rouge, une poire à poudre, toutes sortes d'objets que la ceinture retenait comme dans une poche. Il renversait la tête en arrière ; sa chemise largement ouverte et rabattue montrait son cou de taureau, blanc et nu. Il avait d'épais sourcils, d'énormes favoris noirs, les yeux à fleur de tête, le bas du visage en museau, et sur tout cela cet air d'être chez soi qui est une chose inexprimable.

— Monsieur, dit le voyageur, pardon. En payant, pourriez-vous me donner une assiettée de soupe et un coin pour dormir dans ce hangar qui est là dans le jardin. Dites, pourriez-vous ? en payant ?

— Qui êtes-vous ? demanda le maître du logis.

L'homme répondit :

— J'arrive de Puy-Moisson. J'ai marché toute la journée. J'ai fait douze lieues. Pourriez-vous ? en payant ?

— Je ne refuserais pas, dit le paysan, de loger quelqu'un de bien qui paierait. Mais pourquoi n'allez-vous pas à l'auberge ?

— Il n'y a pas de place.

— Bah ! pas possible. Ce n'est pas jour de foire ni de marché. Êtes-vous allé chez Labarre ?

— Oui.

— Eh bien ?

Le voyageur répondit avec embarras : – Je ne sais pas, il ne m'a pas reçu.

— Êtes-vous allé chez chose, de la rue de Chaffaut ?

L'embarras de l'étranger croissait : il balbutia :

— Il ne m'a pas reçu non plus.

Le visage du paysan prit une expression de défiance, il regarda le nouveau venu de la tête aux pieds, et tout à coup il s'écria avec une sorte de frémissement :

— Est-ce que vous seriez l'homme ?...

Il jeta un nouveau coup d'œil sur l'étranger, fit trois pas en arrière, posa la lampe sur la table et décrocha son fusil du mur.

Cependant aux paroles du paysan : *est-ce que vous seriez l'homme ?...* la femme s'était levée, avait pris ses deux enfants dans ses bras, et s'était réfugiée précipitamment derrière son mari, regardant l'étranger avec épouvante, la gorge nue, les yeux effarés, en murmurant tout bas : *tso-maraude* *.

Tout cela se fit en moins de temps qu'il ne faut pour se le figurer. Après avoir examiné quelques instants l'homme comme on examine une vipère, le maître du logis revint à la porte et dit :

— Va-t'en !

— Par grâce, reprit l'homme, un verre d'eau.

— Un coup de fusil ! dit le paysan.

Puis il referma la porte violemment, et l'homme l'entendit tirer deux gros verrous. Un moment après la fenêtre se ferma au volet, et un bruit de barre de fer qu'on posait parvint au-dehors.

La nuit continuait de tomber. Le vent froid des Alpes soufflait. À la lueur du jour expirant, l'étranger aperçut dans un des jardins qui bordent la rue une sorte de hutte qui lui parut maçonnée en mottes de gazon. Il franchit résolument une barrière de bois et se trouva dans le jardin. Il s'approcha de la hutte ; elle avait pour porte une étroite ouverture très basse et elle ressemblait à ces constructions que les cantonniers se bâtissent au bord des routes. Il pensa sans doute que c'était en effet le logis d'un cantonnier ; il souffrait du

* Patois des Alpes françaises : *Chat de maraude.*

froid et de la faim ; il s'était résigné à la faim, mais c'était du moins là un abri contre le froid. Ces sortes de logis ne sont habituellement pas occupés la nuit. II se coucha à plat ventre et se glissa dans la hutte. Il y faisait chaud, et il y trouva un assez bon lit de paille. Il resta un moment étendu sur ce lit, sans pouvoir faire un mouvement tant il était fatigué. Puis comme son sac sur son dos le gênait et que c'était d'ailleurs un oreiller tout trouvé, il se mit à déboucler une des courroies. En ce moment un grondement farouche se fit entendre. Il leva les yeux. La tête d'un dogue énorme se dessinait dans l'ombre à l'ouverture de la hutte.

C'était la niche d'un chien.

Il était lui-même vigoureux et redoutable ; il s'arma de son bâton, il se fit de son sac un bouclier, et sortit de la niche comme il put, non sans élargir les déchirures de ses haillons.

Il sortit également du jardin, mais à reculons, obligé, pour tenir le dogue en respect, d'avoir recours à cette manœuvre du bâton que les maîtres en ce genre d'escrime appellent *la rose couverte*.

Quand il eut, non sans peine, repassé la barrière et qu'il se retrouva dans la rue, seul, sans gîte, sans toit, sans abri, chassé même de ce lit de paille et de cette niche misérable, il se laissa tomber plutôt qu'il ne s'assit sur une pierre, et il paraît qu'un passant qui traversait l'entendit s'écrier : – Je ne suis pas même un chien !

Bientôt il se releva et se remit à marcher. Il sortit de la ville, espérant trouver quelque arbre ou quelque meule dans les champs, et s'y abriter.

Il chemina ainsi quelque temps, la tête toujours baissée. Quand il se sentit loin de toute habitation humaine, il leva les yeux et chercha autour de lui. Il était dans un champ ; il avait devant lui une de ces collines basses couvertes de chaume coupé ras, qui après la moisson ressemblent à des têtes tondues.

L'horizon était tout noir ; ce n'était pas seulement le sombre de la nuit ; c'était des nuages très bas qui semblaient s'appuyer sur la colline même et qui montaient, emplissant tout le ciel. Cependant, comme la lune allait se lever et qu'il flottait encore au zénith un reste de clarté crépusculaire, ces nuages formaient au haut du ciel une sorte de voûte blanchâtre d'où tombait sur la terre une lueur.

La terre était donc plus éclairée que le ciel, ce qui est un effet particulièrement sinistre, et la colline, d'un pauvre et chétif contour, se dessinait vague et blafarde sur l'horizon ténébreux. Tout cet ensemble était hideux, petit, lugubre et borné. Rien dans le champ ni sur la colline qu'un arbre difforme qui se tordait en frissonnant à quelques pas du voyageur.

Cet homme était évidemment très loin d'avoir de ces délicates habitudes d'intelligence et d'esprit qui font qu'on est sensible aux aspects mystérieux des choses ; cependant il y avait dans ce ciel, dans cette colline, dans cette plaine et dans cet arbre, quelque chose de si profondément désolé qu'après un moment d'immobilité et de rêverie, il rebroussa chemin brusquement. Il y a des moments où la nature semble hostile.

Il revint sur ses pas. Les portes de D. – étaient fermées. D. – qui a soutenu des sièges dans les guerres de religion, était encore entourée en 1815 de vieilles murailles flanquées de tours carrées qu'on a démolies depuis. Il passa par une brèche et rentra dans la ville.

Il pouvait être huit heures du soir. Comme il ne connaissait pas les rues, il recommença sa promenade à l'aventure.

Il parvint ainsi à la préfecture, puis au séminaire. En passant sur la place de la Cathédrale, il montra le poing à l'église.

Il y a au coin de cette place une imprimerie. C'est là que furent imprimées pour la première fois les proclamations de l'empereur et de la garde impériale à l'armée, apportées de l'île d'Elbe et dictées par Napoléon lui-même.

Épuisé de fatigue et n'espérant plus rien, il se coucha sur le banc de pierre qui est à la porte de cette imprimerie.

Une vieille femme sortait de l'église en ce moment. Elle vit cet homme étendu dans l'ombre.

— Que faites-vous là, mon ami ? dit-elle.

Il répondit durement et avec colère :

— Vous le voyez, bonne femme, je me couche.

La bonne femme, bien digne de ce nom en effet, était madame la marquise de R.

— Sur ce banc ? reprit-elle.

— J'ai eu pendant dix-neuf ans un matelas de bois, dit l'homme, j'ai aujourd'hui un matelas de pierre.

— Vous avez été soldat ?

— Oui, bonne femme. Soldat.

— Pourquoi n'allez-vous pas à l'auberge ?

— Parce que je n'ai pas d'argent.

— Hélas, dit madame de R., je n'ai dans ma bourse que quatre sous.

— Donnez toujours.

L'homme prit les quatre sous. Madame de R. continua :

— Vous ne pouvez vous loger avec si peu dans une auberge. Avez-vous essayé pourtant ? Il est impossible que vous passiez ainsi la nuit. Vous avez sans doute froid et faim. On aurait pu vous loger par charité.

— J'ai frappé à toutes les portes.

— Eh bien ?

— Partout on m'a chassé.

La « bonne femme » toucha le bras de l'homme et lui montra de l'autre côté de la place une petite maison basse à côté de l'évêché.

— Vous avez, reprit-elle, frappé à toutes les portes ?

— Oui.

— Avez-vous frappé à celle-là ?

— Non.

— Frappez-y.

II

LA PRUDENCE CONSEILLÉE À LA SAGESSE

Ce soir-là, M. l'évêque de D. –, après sa promenade en ville, était resté assez tard enfermé dans sa chambre. Il s'occupait d'un grand travail sur les *Devoirs*, lequel est malheureusement demeuré inachevé. Il dépouillait soigneusement tout ce que les Pères et les Docteurs ont dit sur cette grave matière. Son livre était divisé en deux parties, premièrement les devoirs de tous, deuxièmement les devoirs de chacun, selon la classe à laquelle il appartient. Les devoirs de tous sont les grands devoirs. Il y en a quatre. Saint Matthieu les indique : devoirs envers Dieu (*Matth.*, VI), devoirs envers soi-même (*Matth.*, V, 29, 30), devoirs envers le prochain (*Matth.*, VII, 12), devoirs envers les créatures (*Matth.*, VI, 20, 25). Pour les autres devoirs, l'évêque les avait trouvés indiqués et prescrits ailleurs, aux souverains et aux sujets, dans l'Épître aux Romains ; aux magistrats, aux épouses, aux mères et aux jeunes hommes, par saint Pierre ; aux maris, aux pères, aux enfants et aux serviteurs, dans l'Épître aux Éphésiens ; aux fidèles, dans l'Épître aux Hébreux ; aux vierges, dans l'Épître aux Corinthiens. Il faisait laborieusement de toutes ces prescriptions un ensemble harmonieux qu'il voulait présenter aux âmes.

Il travaillait encore à huit heures, écrivant assez incommodément sur de petits carrés de papier avec un gros livre ouvert sur ses genoux, quand madame Magloire entra, selon son habitude, pour prendre l'argenterie dans le placard près du lit. Un moment après, l'évêque, sentant que le couvert était mis et que sa sœur l'attendait peut-être, ferma son livre, se leva de sa table et entra dans la salle à manger.

La salle à manger était une pièce oblongue à cheminée, avec porte sur la rue (nous l'avons dit), et fenêtre sur le jardin.

Madame Magloire achevait en effet de mettre le couvert.

Tout en vaquant au service, elle causait avec mademoiselle Baptistine.

Une lampe était sur la table ; la table était près de la cheminée. Un assez bon feu était allumé.

On peut se figurer facilement ces deux femmes qui avaient toutes deux passé soixante ans :

madame Magloire petite, grosse, vive ; mademoiselle Baptistine douce, mince, frêle, un peu plus grande que son frère, vêtue d'une robe de soie puce, couleur à la mode en 1806, qu'elle avait achetée alors à Paris et qui lui durait encore. Pour emprunter des locutions vulgaires[1] qui ont le mérite de dire avec un seul mot une idée qu'une page suffirait à peine à exprimer, madame Magloire avait l'air d'une *paysanne* et mademoiselle Baptistine d'une *dame*. Madame Magloire avait un bonnet blanc à tuyaux, au cou une jeannette[2] d'or, le seul bijou de femme qu'il y eût dans la maison, un fichu très blanc sortant d'une robe de bure noire à manches larges et courtes, un tablier de toile de coton à carreaux rouges et verts, noué à la ceinture d'un ruban vert, avec pièce d'estomac pareille rattachée par deux épingles aux deux coins d'en haut, aux pieds de gros souliers et des bas jaunes comme les femmes de Marseille. La robe de mademoiselle Baptistine était coupée sur les patrons de 1806, taille courte, fourreau étroit, manches à épaulettes, avec pattes et boutons. Elle cachait ses cheveux gris sous une perruque frisée dite *à l'enfant*. Madame Magloire avait l'air intelligent, vif et bon ; les deux angles de sa bouche inégalement relevés et la lèvre supérieure plus grosse

1. Admis par le commun des mortels.
2. Croix suspendue à un ruban ou une chaîne.

que la lèvre inférieure, lui donnaient quelque chose de bourru et d'impérieux. Tant que monseigneur se taisait, elle lui parlait résolument avec un mélange de respect et de liberté, mais dès que monseigneur parlait, on a vu cela, elle obéissait passivement comme mademoiselle. Mademoiselle Baptistine ne parlait même pas. Elle se bornait à obéir et à complaire. Même quand elle était jeune, elle n'était pas jolie ; elle avait de gros yeux bleus à fleur de tête et le nez long et busqué ; mais tout son visage, toute sa personne, nous l'avons dit en commençant, respiraient une ineffable bonté. Elle avait toujours été prédestinée à la mansuétude, mais la foi, la charité, l'espérance, ces trois vertus qui chauffent doucement l'âme, avaient élevé peu à peu cette mansuétude jusqu'à la sainteté. La nature n'en avait fait qu'une brebis, la religion en avait fait un ange. Pauvre sainte fille ! Doux souvenir disparu !

Mademoiselle Baptistine a depuis raconté tant de fois ce qui s'était passé à l'évêché cette soirée-là, que plusieurs personnes qui vivent encore s'en rappellent les moindres détails.

Au moment où l'évêque entra, madame Magloire parlait avec quelque vivacité. Elle entretenait *mademoiselle* d'un sujet qui lui était familier et auquel l'évêque était accoutumé. Il s'agissait du loquet de la porte d'entrée.

Il paraît que, tout en allant faire quelques provisions pour le souper, madame Magloire avait entendu dire des choses en divers lieux. On parlait d'un rôdeur de mauvaise mine ; qu'un vagabond suspect serait arrivé, qu'il devait être quelque part dans la ville, et qu'il se pourrait qu'il y eût de méchantes rencontres pour ceux qui s'aviseraient de rentrer tard chez eux cette nuit-là. Que la police était bien mal faite du reste, attendu que M. le préfet et M. le maire ne s'aimaient pas, et cherchaient à se nuire en faisant arriver des événements. Que c'était donc aux gens sages à faire la police eux-mêmes et à se bien garder, et qu'il faudrait avoir soin de dûment clore, verrouiller et barricader sa maison, *et de bien fermer ses portes.*

Madame Magloire appuya sur ce dernier mot, mais l'évêque venait de sa chambre où il avait eu assez froid, il s'était assis devant la cheminée, et se chauffait, et puis il pensait à autre chose. Il ne releva pas le mot à effet que madame Magloire venait de laisser tomber. Elle le répéta. Alors, mademoiselle Baptistine, voulant satisfaire à madame Magloire sans déplaire à son frère, se hasarda à dire timidement :

— Mon frère, entendez-vous ce que dit madame Magloire ?

— J'en ai entendu vaguement quelque chose, répondit l'évêque.

Puis tournant à demi sa chaise, mettant ses deux mains sur ses genoux, et levant vers la vieille servante son visage cordial et facilement joyeux que le feu éclairait d'en bas :

— Voyons. Qu'y a-t-il ? qu'y a-t-il ? nous sommes donc dans quelque gros danger ?

Alors madame Magloire recommença toute l'histoire, en l'exagérant quelque peu, sans s'en douter. Il paraîtrait qu'un bohémien, un va-nu-pieds, une espèce de mendiant dangereux serait en ce moment dans la ville. Il s'était présenté pour loger chez Jacquin Labarre qui n'avait pas voulu le recevoir. On l'avait vu arriver par le boulevard Gassendi et rôder dans les rues à la brune. Un homme de sac et de corde avec une figure terrible.

— Vraiment ? dit l'évêque.

Ce consentement à l'interroger encouragea madame Magloire ; cela lui semblait indiquer que l'évêque n'était pas loin de s'alarmer ; elle poursuivit, triomphante :

— Oui, monseigneur. C'est comme cela. Il y aura quelque malheur cette nuit dans la ville. Tout le monde le dit. Avec cela que la police est si mal faite (répétition utile). Vivre dans un pays de montagnes, et n'avoir pas même de lanternes la nuit dans les rues ! On sort. Des fours, quoi ! Et je dis, monseigneur, et mademoiselle que voilà dit comme moi...

— Moi, interrompit la sœur, je ne dis rien. Ce que mon frère fait est bien fait.

Madame Magloire continua comme s'il n'y avait pas eu de protestation :

— Nous disons que cette maison-ci n'est pas sûre du tout, que, si monseigneur le permet, je vais aller dire à Paulin Musebois, le serrurier, qu'il vienne remettre les anciens verrous de la porte ; on les a là, c'est une minute ; et je dis qu'il faut des verrous, monseigneur, ne serait-ce que pour cette nuit, car je dis qu'une porte qui s'ouvre du dehors avec un loquet, par le premier passant venu, rien n'est plus terrible ; avec cela que monseigneur a l'habitude de toujours dire d'entrer et que d'ailleurs même au milieu de la nuit, ô mon Dieu, on n'a pas besoin d'en demander la permission...

En ce moment on frappa à la porte un coup assez violent.

— Entrez, dit l'évêque.

III

HÉROÏSME DE L'OBÉISSANCE PASSIVE

La porte s'ouvrit.

Elle s'ouvrit vivement, toute grande, comme si quelqu'un la poussait avec énergie et résolution.

Un homme entra.

Cet homme, nous le connaissons déjà. C'est le voyageur que nous avons vu tout à l'heure errer cherchant un gîte.

Il entra, fit un pas et s'arrêta, laissant la porte ouverte derrière lui. Il avait son sac sur l'épaule, son bâton à la main, une expression rude, hardie, fatiguée et violente dans les yeux. Le feu de la cheminée l'éclairait. Il était hideux. C'était une sinistre apparition.

Madame Magloire n'eut pas même la force de jeter un cri. Elle tressaillit, et resta béante.

Mademoiselle Baptistine se retourna, aperçut l'homme qui entrait et se dressa à demi d'effarement, puis ramenant peu à peu sa tête vers la cheminée, elle se mit à regarder son frère et son visage redevint profondément calme et serein.

L'évêque fixait sur l'homme un œil tranquille.

Comme il ouvrait la bouche, sans doute pour demander au nouveau venu ce qu'il désirait, l'homme appuya ses deux mains à la fois sur son bâton, promena ses yeux tour à tour sur le vieillard et les femmes et, sans attendre que l'évêque parlât, dit d'une voix haute :

— Voici. Je m'appelle Jean Valjean. Je suis un galérien. J'ai passé dix-neuf ans au bagne. Je suis libéré depuis quatre jours et en route pour Pontarlier qui est ma destination. Quatre jours que je marche depuis Toulon. Aujourd'hui j'ai fait douze lieues à pied. Ce soir en arrivant dans ce pays, j'ai été dans une auberge, on m'a renvoyé à cause de mon passeport jaune que j'avais montré à la mairie. Il avait fallu. J'ai été à une autre auberge. On m'a dit : va-t'en ! Chez l'un, chez l'autre. Personne n'a voulu de moi. J'ai été à la prison, le guichetier ne m'a pas ouvert. J'ai été dans la niche d'un chien. Ce chien m'a mordu et m'a chassé, comme s'il avait été un homme. On aurait dit qu'il savait qui j'étais. Je m'en suis allé dans les champs pour coucher à la belle étoile. Il n'y avait pas d'étoile. J'ai pensé qu'il pleuvrait, et qu'il n'y avait pas de bon Dieu pour empêcher de pleuvoir, et je suis rentré dans la ville pour y trouver le renfoncement d'une porte. Là, dans la place, j'allais me coucher sur une pierre, une bonne femme m'a montré votre maison et m'a dit : frappe là. J'ai frappé. Qu'est-ce que c'est ici ? êtes-vous une auberge ? J'ai de l'argent, ma masse. Cent neuf francs quinze sous que j'ai gagnés au bagne par mon travail en dix-neuf ans. Je paierai. Qu'est-ce que cela me fait ? j'ai de l'argent. Je suis très fatigué, douze lieues à pied, j'ai bien faim. Voulez-vous que je reste ?

— Madame Magloire, dit l'évêque, vous mettrez un couvert de plus.

L'homme fit trois pas et s'approcha de la lampe qui était sur la table : – Tenez, reprit-il, comme s'il n'avait pas bien compris, ce n'est pas ça. Avez-vous entendu ? je suis un galérien. Un forçat. Je viens des galères. – Il tira de sa poche une grande feuille de papier jaune qu'il déplia. – Voilà mon passeport. Jaune, comme vous voyez. Cela sert à me faire chasser de partout où je vais. Voulez-vous lire ? Je sais lire, moi. J'ai appris au bagne. Il y a une école pour ceux qui veulent. Tenez, voilà ce qu'on a mis sur le passeport : « Jean Valjean, forçat libéré, natif de... » cela vous est égal... – « est resté dix-neuf ans au bagne. Cinq ans pour vol avec effraction. Quatorze ans pour avoir tenté de s'évader quatre fois. Cet homme est très dangereux. » Voilà. Tout le monde m'a jeté dehors. Voulez-vous me recevoir, vous ? Est-ce une auberge ? voulez-vous me donner à manger et à coucher ? avez-vous une écurie ?

— Madame Magloire, dit l'évêque, vous mettrez des draps blancs au lit de l'alcôve.

Nous avons déjà expliqué de quelle nature était l'obéissance des deux femmes.

Madame Magloire sortit pour exécuter ses ordres.

L'évêque se tourna vers l'homme :

— Monsieur, asseyez-vous et chauffez-vous. Nous allons souper dans un instant, et l'on fera votre lit pendant que vous souperez.

Ici l'homme comprit tout à fait. L'expression de son visage jusqu'alors sombre et dure s'empreignit de stupéfaction, de doute, de joie, et devint extraordinaire. Il se mit à balbutier comme un homme fou :

— Vrai ? quoi ? vous me gardez ? vous ne me chassez pas ? un forçat ! vous m'appelez *monsieur* ! vous ne me tutoyez pas ! Va-t'en, chien ! qu'on me dit toujours. Je croyais bien que vous me chasseriez. Aussi j'avais dit tout de suite qui je suis. Oh ! la brave femme qui m'a enseigné ici ! je vais souper ! un lit avec des matelas et des draps ! comme tout le monde ! un lit ! il y a dix-neuf ans que je n'ai couché dans un lit ! vous voulez bien que je ne m'en aille pas. Vous êtes de dignes gens. D'ailleurs j'ai de l'argent. Je paierai bien. Pardon, monsieur l'aubergiste, comment vous appelez-vous ? je paierai tout ce qu'on voudra. Vous êtes un brave homme. Vous êtes aubergiste, n'est-ce pas ?

— Je suis, dit l'évêque, un prêtre qui demeure ici.

— Un prêtre ! reprit l'homme. Oh ! un brave homme de prêtre ! alors vous ne me demandez pas d'argent ? le curé, n'est-ce pas ? le curé de cette grande église ? Tiens ! c'est vrai, que je suis bête ! je n'avais pas vu votre calotte.

Tout en parlant il avait déposé son sac et son bâton dans un coin, avait remis son passeport dans sa poche, et s'était assis. Mademoiselle Baptistine le considérait avec douceur. Il continua.

— Vous êtes humain, monsieur le curé, vous

n'avez pas de mépris. C'est bien bon un bon prêtre. Alors vous n'avez pas besoin que je paye ?

— Non, dit l'évêque, gardez votre argent. Combien avez-vous ? ne m'avez-vous pas dit cent neuf francs ?

— Quinze sous, ajouta l'homme.

— Cent neuf francs quinze sous. Et combien de temps avez-vous mis à gagner cela ?

— Dix-neuf ans.

— Dix-neuf ans !

L'évêque soupira profondément.

L'homme poursuivit : – J'ai encore tout mon argent. Depuis quatre jours je n'ai dépensé que vingt-cinq sous que j'ai gagnés en aidant à décharger des voitures à Grasse. Puisque vous êtes abbé, je vais vous dire, nous avions un aumônier au bagne. Et puis un jour j'ai vu un évêque. Monseigneur qu'on appelle. C'était l'évêque de la Majore, à Marseille. C'est le curé qui est sur les curés. Vous savez, pardon, je dis mal cela, mais pour moi, c'est si loin ! – Vous comprenez, nous autres ! – Il a dit la messe au milieu du bagne, sur un autel, il avait une chose pointue, en or, sur la tête. Au grand jour de midi, cela brillait. Nous étions en rang, des trois côtés, avec les canons, mèche allumée, en face de nous. Nous ne voyions pas bien. Il a parlé, mais il était trop au fond, nous n'entendions pas. Voilà ce que c'est qu'un évêque.

Pendant qu'il parlait, l'évêque était allé pousser la porte qui était restée toute grande ouverte.

Madame Magloire rentra. Elle apportait un couvert qu'elle mit sur la table.

— Madame Magloire, dit l'évêque, mettez ce couvert le plus près possible du feu. – Et se tournant vers son hôte : – Le vent de nuit est dur dans les Alpes. Vous devez avoir froid, monsieur ?

Chaque fois qu'il disait ce mot *monsieur* avec sa voix doucement grave et de si bonne compagnie, le visage de l'homme s'illuminait. *Monsieur* à un forçat, c'est un verre d'eau à un naufragé de la Méduse. L'ignominie a soif de considération.

— Voici, reprit l'évêque, une lampe qui éclaire bien mal.

Madame Magloire comprit, et elle alla chercher sur la cheminée de la chambre à coucher de monseigneur les deux chandeliers d'argent qu'elle posa sur la table tout allumés.

— Monsieur le curé, dit l'homme, vous êtes bon, vous ne me méprisez pas. Vous me recevez chez vous. Vous allumez vos cierges pour moi. Je ne vous ai pourtant pas caché d'où je viens et que je suis un homme malheureux.

L'évêque, assis près de lui, lui toucha doucement la main : – Vous pouviez ne pas me dire qui vous étiez. Ce n'est pas ici ma maison, c'est la maison de Jésus-Christ. Cette porte ne demande pas à celui qui entre s'il a un nom, mais s'il a une douleur. Vous souffrez ; vous avez faim et soif ; soyez le bienvenu. Et ne me remerciez pas, ne me dites pas que je vous reçois chez moi. Personne n'est ici chez soi, excepté celui qui a besoin d'un asile. Je vous le dis à vous qui passez, vous êtes ici chez vous plus que moi-même. Tout ce qui est ici est à vous. Qu'ai-je besoin de savoir votre nom ? D'ailleurs, avant que vous me le dissiez, vous en avez un que je savais.

L'homme ouvrit des yeux étonnés :

— Vrai ? vous saviez comment je m'appelle.

— Oui, répondit l'évêque, vous vous appelez mon frère.

— Tenez, monsieur le curé ! s'écria l'homme, j'avais bien faim en entrant ici, mais vous êtes si bon qu'à présent je ne sais plus ce que j'ai ; cela m'a passé.

L'évêque le regarda et lui dit :

— Vous avez bien souffert ?

— Oh ! la casaque rouge, le boulet au pied, une planche pour dormir, le chaud, le froid, le travail, la chiourme, les coups de bâton, la double chaîne pour rien, le cachot pour un mot, même malade au lit, la chaîne. Les chiens, les chiens sont plus heureux ! dix-neuf ans ! j'en ai quarante-six. À présent le passeport jaune. Voilà.

— Oui, reprit l'évêque, vous sortez d'un lieu de tristesse. Écoutez. Il y aura plus de joie au ciel pour le visage en larmes d'un pécheur repentant que pour la robe blanche de cent justes. Si vous sortez de ce lieu douloureux avec des pensées de haine et de colère contre les hommes, vous êtes digne de pitié ; si vous en sortez avec des pensées de bienveillance, de douceur et de paix, vous valez mieux qu'aucun de nous.

Cependant madame Magloire avait servi le souper ; une soupe faite avec de l'eau, de l'huile, du pain et du sel, un peu de lard, un morceau de viande de mouton, des figues, un fromage frais et un gros pain de seigle. Elle avait d'elle-même ajouté à l'ordinaire de M. l'évêque une bouteille de vieux vin de Mauves.

Le visage de l'évêque prit tout à coup cette expression de gaîté propre aux natures hospitalières : – À table, dit-il vivement, comme il en avait coutume lorsque quelque étranger soupait avec lui ; il fit asseoir l'homme à sa droite. Mademoiselle Baptistine, parfaitement paisible et naturelle, prit place à sa gauche.

L'évêque dit le bénédicité, puis servit lui-même la soupe selon son habitude. L'homme se mit à manger avidement.

Tout à coup l'évêque dit : – Mais il me semble qu'il manque quelque chose sur cette table.

Madame Magloire, en effet, n'avait mis que les trois couverts absolument nécessaires. Or, c'était l'usage de la maison, quand M. l'évêque avait quelqu'un à souper, de disposer sur la nappe les six couverts d'argent, étalage innocent. Ce gracieux semblant de luxe était une sorte d'enfantillage plein de charme dans cette maison douce et sévère qui élevait la pauvreté jusqu'à la dignité.

Madame Magloire comprit l'observation, sortit sans dire un mot, et un moment après les trois couverts réclamés par l'évêque brillaient sur la nappe, symétriquement arrangés devant chacun des trois convives.

[...]

V

TRANQUILLITÉ

Après avoir donné le bonsoir à sa sœur, monseigneur Bienvenu prit sur la table un des deux flambeaux d'argent, remit l'autre à son hôte, et lui dit :

— Monsieur, je vais vous conduire à votre chambre.

L'homme le suivit.

Comme on a pu le remarquer dans ce qui a été dit plus haut, le logis était distribué de telle sorte que pour passer dans l'oratoire où était l'alcôve ou pour en sortir, il fallait traverser la chambre à coucher de l'évêque.

Au moment où il traversait cette chambre, madame Magloire serrait l'argenterie dans le placard qui était au chevet du lit. C'était le dernier soin qu'elle prenait chaque soir avant de s'aller coucher.

L'évêque installa son hôte dans l'alcôve. Un lit blanc et frais y était dressé. L'homme posa le flambeau sur une petite table.

— Allons, dit l'évêque, faites une bonne nuit. Demain matin, avant de partir, vous boirez une tasse de lait de nos vaches, tout chaud.

— Merci, monsieur l'abbé, dit l'homme.

À peine eut-il prononcé ces paroles pleines de paix que, tout à coup et sans transition, il eut un mouvement étrange et qui eût glacé d'épouvante les deux saintes filles, si elles en eussent été témoins. Aujourd'hui même il nous est difficile de nous rendre compte de ce qui le poussait en ce moment. Voulait-il donner un avertissement ou jeter une menace ? Obéissait-il simplement à une sorte d'impulsion instinctive et obscure pour lui-même ? Il se tourna brusquement vers le vieillard, croisa les bras, et fixant sur son hôte un regard sauvage, il s'écria d'une voix rauque :

— Ah ça ! décidément ! vous me logez chez vous, près de vous comme cela !

Il s'interrompit et ajouta avec un rire où il y avait quelque chose de monstrueux :

— Avez-vous bien fait toutes vos réflexions ? Qui est-ce qui vous dit que je n'ai pas assassiné ?

L'évêque répondit :

— Cela regarde le bon Dieu.

Puis, gravement et remuant les lèvres comme quelqu'un qui prie ou qui se parle à lui-même, il dressa les deux doigts de sa main droite et bénit l'homme qui ne se courba pas, et sans tourner la tête, et sans regarder derrière lui, il rentra dans sa chambre.

Quand l'alcôve était habitée, un grand rideau de serge tiré de part en part dans l'oratoire cachait l'autel. L'évêque s'agenouilla en passant devant ce rideau et fit une courte prière.

Un moment après, il était dans son jardin, marchant, rêvant, contemplant, l'âme et la pensée tout entières à ces grandes choses mystérieuses que Dieu montre la nuit aux yeux qui restent ouverts.

Quant à l'homme, il était vraiment si fatigué qu'il n'avait même pas profité de ces bons draps blancs. Il avait soufflé sa bougie avec sa narine à la manière des forçats et s'était laissé tomber tout habillé sur le lit, où il s'était tout de suite profondément endormi.

Minuit sonnait comme l'évêque rentrait de son jardin dans son appartement.

Quelques minutes après, tout dormait dans la petite maison.

Imprimé en France par

CPI
BRODARD & TAUPIN

à La Flèche (Sarthe)
en avril 2010

POCKET – 12, avenue d'Italie - 75627 Paris cedex 13

N° d'impression : 57657
Dépôt légal : juin 2005
Suite du premier tirage : avril 2010
S15219/08